# 朝日歌壇 2022

馬場あき子
佐佐木幸綱
高野公彦
永田和宏
選

目　次

装幀・版画　原田維夫
題印　三田秀泉

# 年間秀歌と「朝日歌壇賞」受賞作品・評

## 【馬場あき子選】　年間秀歌

コメディの映画満喫したわれとあわてて涙ふいてい
る君　（富山市）松田　梨子　四三

◎手始めに線量測る畑（はた）仕事十二年目の福島の春
（須賀川市）近内志津子　六五

体いくかんでしゅうりょうしきをしていたら外から
ものほしざおを売る声　（奈良市）山添　聡介　八一

その人は瓦礫（がれき）の中のピアノを撫でショパンを弾いて
母国を去れり　（東京都）八巻　陽子　一〇〇

眼差しの何語るらん投降の女兵士は犬撫でており
（岩国市）冨田　裕明　一一〇

学校は「あだ名禁止」の流れだがあだ名しか思い出
せぬ友がいる　（東京都）上田　結香　一三九

七十歳でウクライナ去り来日す胸痛みつつ日本語授
業す　（坂東市）内田ちひろ　一四五

どもりじゃないふりをしているときの我はいつもの
我より二割明るい　（光市）松本　進　一六四

「戦争の時代ではない」モディ首相のこの一言は重
くせつない　（鳥取県）表　いさお　一八七

君もまた実朝みたいに心には出航できぬ朽ちた船持
つ　（出雲市）塩田　直也　二〇六

（◎は「朝日歌壇賞」受賞作品。作者名下の数字は掲載ページ）

# 戦争のない国の日常

馬場あき子

二〇二二年は収束しないコロナ禍に、さらにロシアのウクライナ侵攻による戦禍の報道が加わり、それに敏感に反応した歌も沢山投稿された。しかし戦場の映像を再現したような歌はなかなか自作感がなく、もう少し心の奥に沁みこむものがほしいと思った。

たとえば八巻陽子さんがみつめた「その人」が、瓦礫の中の奇跡的に生き残ったピアノに、愛する曲を弾いて母国を去る思いは深く濃い。冨田裕明さんの捕虜となった女性兵士の犬を撫でる眼差しにも複雑な万感があって、戦争の側面を見せてくれる。また内田ちひろさんは難民として来日した七十歳の方が日本語を学ぶ姿を感銘深く受け止めさせる。そして表いさおさんが心に彫（え）りつけたモディ首相の言葉には千金の重みがあり忘れがたい。

今年、気候変動による大雨や猛暑、また、地震の頻発による不安などが底ごもるなか、安倍晋三元首相の暗殺事件が起き、統一教会と政界との関わりが明るみに出て衝撃が走った。こうした状況をかたわらに置きつつ、朝日歌壇はさまざまな日常から一場面を切り取って感動させてくれた。

私はその中から近内志津子さんの一首を年間賞に選んだ。福島の春はきびしい。原発被害からもう十二年もたつのに畑土の放射線量の測定が畑仕事の第一にあるという現実。だが原発の再稼働は急速に進められているのだ。

眼を転じて若い人の歌をみよう。松田梨子さんは「君」と一緒に観たコメディ映画で、意外な「君」の涙をみた。これでまた成長することだろう。山添聡介くんの歌はしばしば大人に深い刺激を与える。歌は大方が知っている学年修了式の雰囲気の中に突如流れ込む物干竿売りの声、痛烈な長閑さだ。それは上田結香さんの「あだ名禁止」を笑う声にも近い。そして松本進さんのちょっとかなしい明るさ。塩田直也さんの今日的な若（にが）い哀しみ、いずれも短歌以外では表現できない作品といえる。

## 【佐佐木幸綱選】　年間秀歌

親ガチャと言わず誰もが耐えている孤立無援のヤングケアラー
（川崎市）小島　敦　三一

「上向いて」「それ下でしょ」食事時施設のホールは呆（ほ）けと突っ込み
（銚子市）小山　年男　五〇

ウクライナを遠くて温（ぬく）い部屋にいて詠んでいいのかという思いは　ある
（長崎市）里中　和子　六九

戦争で町が廃墟と化しゆくを進行形で見てる驚き
（大洲市）村上　明美　八二

モザイクは市民の遺体　後ろ手に縛られている手だけが見える
（川崎市）川上美須紀　八八

黙食は孤独でもある前を向き風の音聴く昼の教室
（西条市）村上　敏之　九八

休むなくあまたの帽が上下して遠泳の子ら沖へと向かう
（逗子市）織立　敏博　一四三

◎戦争は祈りだけでは止まらない　陽に灼（や）かれつつデモに加わる
（東京都）十亀　弘史　一五九

Zoomでは気づかなかった先生の研究室に並ぶサボテン
（吹田市）赤松みなみ　一七八

サックリとサーモンフライの音がする黙食給食三年の秋
（知多市）髙田　真希　一九七

## 情報をうたう難しさ

佐佐木幸綱

二〇二二年二月二四日、ロシアがウクライナへの軍事侵攻をはじめたことが、報道されました。それからというもの、ウクライナのことが新聞、テレビに出ない日はなく、「朝日歌壇」へもウクライナの歌、戦争の歌がたくさん投稿されるようになりました。ただ、単純ではない問題があります。投稿者のほとんどがウクライナに行ったことがなく、じっさいにロシア軍の砲撃を受けたこともないからです。情報をうたう難しさ。

戦争は祈りだけでは止まらない　陽に灼かれつつデモに加わる　　十亀　弘史

「年間賞」になったこの十亀作は、進行形の「戦争」をどう自身の問題として受け止めるかをうたっています。情報をうたうのではなく自身の問題としてうたった点で、ことさら注目しました。

戦争で町が廃墟と化しゆくを進行形で見てる驚き　　村上　明美

モザイクは市民の遺体　後ろ手に縛られている手だけが見える　　川上美須紀

この二首には、作者が映像を見ているその時点に焦点をしぼる工夫が読みとれます。ともに「見る」という動詞が使われているのは偶然ではありません。

一昨年、昨年につづいて、今年もコロナ禍の作が多く寄せられました。もう三年目になりますね。中で、学校関係の歌に佳作が多かったように思います。

サックリとサーモンフライの音がする黙食給食三年の秋　　髙田　真希

Ｚｏｏｍでは気づかなかった先生の研究室に並ぶサボテン　　赤松みなみ

黙食とかＺｏｏｍの授業とか不思議な体験が新鮮な感覚の表現を生んだようでした。

## 【高野公彦選】　年間秀歌

スマホ持つサルとなりたる人間を黙し見ている冬の
片月（へんげつ）　（福島市）美原　凍子　二五

無為徒食数独杜甫詩書写昼寝散歩晩酌コロナ七策
（秋田市）斉藤　一夫　五一

壁の無きキエフのアパート部屋ごとに暮らしがあっ
た命があった　（観音寺市）篠原　俊則　七〇

攻められて焦土広がるウクライナいま人びとはムン
クの「叫び」　（横須賀市）矢田　紀子　八三

菜園を始めてからは目と鼻の先に地球が息をしてい
る　（熊本市）柳田　孝裕　一二八

得意気にドイツの孫はオレと言ふ波打つ髪は矢張り
ゲルマン　（長野県）沓掛喜久男　一三四

白球が飛ぶ夏空も砲弾が飛ぶ夏空もこの地球（ほし）の空
（相模原市）石井　裕乃　一五六

世界葬もて送らんと希（こひねが）ふゴルバチョフとふ稀有なる
人を　（日進市）土谷三津子　一六九

この指に止まらなかった赤蜻蛉わたしは次の季節へ
行くね　（吹田市）赤松みなみ　一九五

◎青森は上空通過のミサイルもウクライナでは通過な
どせず　（五所川原市）戸沢大二郎　一九八

# 歌によって現実と向き合うこと

高野公彦

二〇二二年もコロナ禍が終熄せず、コロナを意識しながら暮らす生活は三年目を迎えた。二月には、突如ロシア軍がウクライナに侵攻し、世界中を驚かせた。度重なる北朝鮮のミサイル発射実験も、国際的な緊張感をもたらした。

朝日歌壇には、そういう状況を反映した歌もあり、またそれと無関係な日常詠も寄せられた。美原凍子さんの歌は、スマホ依存度の高い人々が増える世の中を憂えている作で、正高信男著『ケータイを持ったサル』（中公新書）を踏まえている。斉藤一夫さんは、コロナの日々の過ごし方を詠む。「無為、徒食、数独、杜甫詩書写、昼寝、散歩、晩酌」と切って読めば分かるユーモア短歌である。篠原俊則さんと矢田紀子さんは、ウクライナの惨状を詠み、戦争に巻き込まれた人々の悲哀に心を寄せている。

柳田孝裕さんは、菜園を始めてから知った地球の息吹を詠む。たぶん勤めを辞めたあとで出会った楽しみであろう。沓掛喜久男さんは長らく朝日歌壇の常連であったが、惜しくも今年亡くなられた。これはその前の作で、ドイツに住む孫への情愛が籠もっている。石井裕乃さんは甲子園の夏空とウクライナの夏空が一続きであることを詠み、戦争否定の気持ちを滲ませる。土谷三津子さんは、安倍元首相の葬儀が国葬で行われたことへの疑問を匂わせつつ、亡くなったゴルバチョフの政治家としての偉大さを讃えている。赤松みなみさんは大学生で、これは季節の移行をユニークな捉え方で表現している。戸沢大二郎さんは青森県に住み、北朝鮮の発射するミサイルと、ウクライナに降るミサイルの下に、それぞれ不安や悲劇があることを示唆した秀歌だ。

朝日歌壇を読むと、歌の内容はさまざまだが、「歌によって現実と向き合う」その喜びが人々を歌に誘うのだろうと感じた。

なお、今年も松田梨子、松田わこ（姉妹）、山添聖子、山添葵、山添聡介（親子）の皆さんが活躍した。

## 【永田和宏選】　年間秀歌

僕は君の濡れ落葉だと笑ってたあなたをくっつけどこへ行こうか
（高松市）髙﨑　英子　一六

戦ひにもどる夫と国境に抱きあふ妻の手にネコヤナギ
（日立市）加藤　宙　六一

戦争は「始まる」ではなく「始める」であるとつくづく思う如月
（観音寺市）篠原　俊則　七四

戦車行く野は花が咲くはずだった子らが遊んでいるはずだった
（福島市）美原　凍子　七四

ウクライナ見れば軍備は必要とこの友までが言い出すのかと
（神奈川県）神保　和子　七七

殺人の兵器を区別して報ず人道的と非人道的に
（江別市）成田　強　九〇

軍隊は軍隊をしか守らない交戦国のどちら側でも
（東京都）十亀　弘史　九六

返本の荷造りしてる本屋なり本が紙にて刷られるうちは
（長野県）沓掛喜久男　一〇三

◎虐待という言葉まだ知らぬ子は「ママごめんね」と餓死をしました
（岡山市）牧野　恵子　一二五

フレミングの右手が試験会場にくるりくるりと花を咲かせる
（京都市）袴田　朱夏　一七三

# 機会詠のむずかしさ

永田和宏

ベトナム戦争を始めとして、第二次世界大戦後も多くの戦争があったが、ミサイル攻撃を含む、これほどまでに苛烈な戦争は無かった。この世界で国と国とが真っ向からぶつかる戦争が再び起きるとは、誰も予想できなかったことである。まもなく一年を迎えるが、終戦の目途は立っていない。

二〇二〇年、二一年は新型コロナウイルスの世界的感染爆発が、切実な問題として詠われてきたが、今回のウクライナ戦争とパンデミックは、詠い方において大きな違いがある。コロナ禍は、報道による情報もあるが、誰もが例外なくこうむっている事態であり、自分に引き付けて詠うことができた。

ところがウクライナ戦争は、自らは体験することなく、たいへんな問題ではあっても、テレビや新聞といったメディアから情報を得る以外、それを知る手立てはない。勢い、どこかのテレビで見た光景が詠われることになり、誰の歌も似た素材を、似たような詠い方で処理するといったものになりやすい。これが機会詠、特に非体験型の機会詠のむずかしいところであろう。

年間賞には戦争ではなく、幼児虐待の牧野さんの歌を採った。「虐待」などという言葉は当然知らず、食事も与えられずに亡くなった五歳児。死の間際に発した最後の言葉が、「ママごめんね」であったという。何とも言葉がないが、こんな理不尽を詠い継ぎ、社会が共有し続けることが何より大切なことであろう。

ウクライナ詠では神保さんの「ウクライナ見れば軍備は」について言及しておきたい。ロシアによるウクライナ侵攻や北朝鮮のミサイル発射、さらに中国による台湾有事などを根拠に、社会の危機感を煽(あお)るようにして、かつてない規模の防衛力整備計画が進められようとしている。議論を尽くさないままの軍国化への傾斜が怖ろしい。まさに神保さんの詠ったとおりである。状況に踊らされることなく、しっかりとこの動きを監視しなければならない。

# 新春詠

## 冬木

馬場あき子

こんなにも木々が愛（を）しめる葉の色のさまざまなるを掃きて捨てたり
わが植ゑし茶の木花咲き月光の降る日降らぬ日しづかに白し

## 自画像

佐佐木幸綱

自画像にこだわる二人　宣長とヴァン・ゴッホ思う元日の夜
正月の雪うつす鏡　写真なき人らの顔を映しし鏡

## 三百六十五個の日

高野　公彦

年の夜のそら渡りくる鐘の音を茅（ち）の輪（わ）をくぐるごとく聞きをり
壁にある新カレンダーつやつやと三百六十五個の日が待つ

## おい老い

永田　和宏

一年でほぼ細胞は入れ替はるなのにどうしてわが老いの顔
古希過ぎしわれを「この子」と時に呼ぶ馬場あき子なら　ま、仕方がないか

朝日歌壇　二〇二二年

## 【永田和宏選】　一月九日

僕は君の濡れ落葉だと笑ってたあなたをくっつけどこへ行こうか
（高松市）髙﨑英子

出産の時あなたは仕事でいなかった五十年経ても妻の切り札
（神戸市）米谷　茂

宿題をSiriに聞いてる小学生デジタルネイティブそう使うのか
（中津市）荒谷みほ

☆朝飯を抜いて五感をとぎすます熊狩の日も氷魚取る日も
（津市）中山道治

雲梯を一つ飛ばしで得意気にわたりし少年峡に老いゆく
（霧島市）久野茂樹

顔認証も通ってしまう双子の友私はいつもちゃんと見分ける
（東京都）上田結香

無防備なほほえみの中に眠る母小さな毛布に手足を隠して
（高槻市）小野まなび

山に向き親爺は何時も渋っ面山根屋書店は百年目なり
（長野県）沓掛喜久男

幼らの育つ時代は新しく吾は静かな水車でゐたい
（岐阜市）後藤　進

ママとおだんご作ったやめなさいって言われたけどおさらのきなこもなめちゃった
（蒲郡市）みやしたせな

（☆は二人以上の共選作）

**評**　髙﨑さん、亡くなった夫だろうか。濡れ落葉でも何でもいいから一緒にいたいと切に思う。米谷さん、この一言が出るとグウの音も出ない。言葉の力、偉大なり。荒谷さん、結句に実感が。なるほどとデジタルネイティブに脱帽。

## 【馬場あき子選】　一月九日

爆弾のようにタンクを捨てるとは日本の空はアメリカの空
（長野市）関　龍夫

農業を左半身でせし兄の遺骨は並の倍もありけり
（行方市）額賀　旭

楽しいこと少しは書こうと吾が手紙に考えつくせど独房の日々
（名古屋市）西垣　進

観音堂不動明王地蔵まで十二体像マスク掛けたり
（福岡市）前原善之

歌会も句会もなくて日々は過ぎむなしく掛かるわが冬帽子
（浦安市）逆瀬川次郎

☆偵察をしてくると夫は海岸へ雷が鳴るも鱩（はたはた）はまだ
（酒田市）富田光子

高く伸び低くまとまり鵯（ひよどり）は隼（はやぶさ）を避け島へ近づく
（東京都）大村森美

山ふかく熊は眠るか雪ふぶく阿仁（あに）のマタギの里のしずけさ
（仙台市）沼沢　修

☆今週の給食当番エプロンは私が家庭科でぬいました
（奈良市）山添　葵

張りつめた冷気微かに香りくる見過ごしそうな枇杷の花咲く
（敦賀市）魚見須恵子

評　第一首はアメリカの軍用機から燃料タンクが投下されたニュースの衝撃。航路下に広がる人家や暮らしへの危機感から叫ばれた。第二首は左半身しか使えなかった兄の農業の一生をその遺骨に偲（しの）ぶ。第三首は服役中の独房の思い。

## 【佐佐木幸綱選】　一月九日

社会不安あおった罪にスーチー氏を裁く軍部が不安を煽(あお)る
（観音寺市）篠原俊則

異国語の飛び交う冬の白川郷どのアングルにも原色のダウン
（恵庭市）西原由佳

新しく建つ家の影並ぶ田に白く師走の朝霜残る
（越谷市）畠山水月

理性とは脆弱(ぜいじゃく)なもの開戦の熱狂つぶさに記録フィルムは
（堺市）芝田義勝

☆偵察をしてくると夫は海岸へ雷が鳴るも鱩(はたはた)はまだ
（酒田市）富田光子

霜月の淡き夕日を浴びながら草を食みをる北大の羊
（札幌市）伊藤　哲

待ちわびて積もりし雪に光あたり冬の枯野は賑(にぎ)はひを増す
（北海道）髙井勝巳

平和橋過ぎて二つ目忍橋(しのぶばし)バス停の名に滲む戦後史
（東京都）十亀弘史

七、八年かけて咲くとふ笹百合をタイムカプセルのごと友と蒔く
（坂戸市）納谷香代子

頬と唇(くち)うごかす練習からと言ふマスクをはづしチアガール達
（宗像市）巻　桔梗

評

第一首、ミャンマーのアウンサンスーチーさんに対する判決をうたう。「不安」を二度使って、行方の見えない不安をクローズアップする。第二首、外国人観光客だらけの白川郷を撮ったスナップ写真のような一首。

## 【高野公彦選】　一月九日

ソルダムに蓑虫（みのむし）あまたぶら下がる無農薬とはこれが現実
（埼玉県）市川和江

鬼平は言ふに及ばず憐れなる俊寛も好き吉右衛門逝く
（枚方市）秋岡　実

やれるうちやりたきことはやるべしとまたやることを増やしておりぬ
（神奈川県）神保和子

AIや5G（ファイブジー）の世の中に陰部拭く布清拭（せいしき）と言う
（横浜市）太田克宏

朝明けの畑（はた）の主人（あるじ）の足音を聞き分けて葱甘くなるとふ
（南相馬市）水野文緒

☆今週の給食当番エプロンは私が家庭科でぬいました
（奈良市）山添　葵

トラックにすぐ立ち上がり群れなして銀杏落葉が追ひ駆けてゆく
（いわき市）馬目弘平

留学を待ちて二冬目に入る子に大鍋のおでんを作る
（久留米市）塚本恭子

☆朝飯を抜いて五感をとぎすます熊狩の日も氷魚取る日も
（津市）中山道治

スイミーのけしゴムはんこを作ったよあのねちょうにもいっぱいおしたよ
（奈良市）山添聡介

評　一首目、農薬を使わないと果樹の枝に蓑虫が付いて困るが、作者は無農薬をつらぬいているのかも。二首目、いろいろな人物を演じ切った名優の死去を惜しむ。三首目、積極的に生きる自分に対して少しあきれている場面か。

## 【馬場あき子選】　一月十六日

おはようと言えば廊下に白い息今日こそ浜に鰰（はたはた）が来る
（酒田市）富田光子

元気でと三度つぶやく老い母に四度うなづきふるさとを発つ
（西条市）村上敏之

メルケルの十六年に日本の総理は九人入れ替わりたり
（観音寺市）篠原俊則

そういえば母はもういない足の爪切っているとき悲しみのくる
（光市）松本　進

クーポンや現金給付しなければ暮らせぬ国で今日も暮らして
（南相馬市）佐藤隆貴

☆ふるさとの中華料理屋半分こしてたチャーハン姉と味わう
（富山市）松田わこ

嫁ぎ来る列を遮（さえぎ）り覚悟問ふ童の「止（と）め唄」伝ふわが村
（東根市）庄司天明

オオタカに追われて鳩は人間のそばに舞い降りしばし震える
（栃木県）川崎利夫

駅ピアノ皆それぞれに自信あり遠慮深げにやや得意げに
（川越市）西村健児

成虫でムラサキシジミは冬を越す八手の花に蜂らとあつまる
（松戸市）猪野富子

**評**　鰰漁の最盛期である。北日本の海はこの産卵期の漁獲を待ちに待っている。第一首の寒気を実感させる息の白さと、「今日こそ」が連動して待つことの力がある。第二首は母子の言葉を越えた情がつぶやくとうなずくの中に溢（あふ）れる。

## 【佐佐木幸綱選】　一月十六日

霧晴れて朝の光がさんさんとそそぐ佐潟に白鳥の群れ
（新潟市）飯塚智恵子

読みぞめの本のなかなか決まらぬもお正月待つ励みのひとつ
（我孫子市）松村幸一

温室の草花のごと母ねむり南の窓につぐみ囀（さえず）る
（東京都）伊東武彦

もう少しここに居（お）りたし光差す椿の肌に湯気が出ている
（富山市）田嶌詩賀子

探鳥に疲れしときに赤き背の長元坊出で喚声の湧く
（町田市）髙梨守道

遠き日のこんぴら歌舞伎の興行に勘三郎がゐた吉右衛門がゐた
（高松市）桑内　繭

お父さんお酒やめたで一時代終わった如き母の報告
（羽曳野市）玉田一成

車椅子に冬のキリンを眺めおり脚細けれどしかと地を踏む
（和泉市）長尾幹也

お互いの飼い猫ときおり映りいてビデオ電話はにぎやかになる
（草加市）水島　修

骨壺を抱えて乗れば舞浜で客降りるまでじっとしており
（東京都）藤原あつや

評　第一首、白鳥の飛来地としても知られる新潟県の佐潟。白鳥をドラマティックに登場させて楽しい。第二首、新年の最初に読む本を、毎年選んでいるのだろう。本好きならではの作。第三首、ていねいに命をうたって印象的。

## 【高野公彦選】　一月十六日

ひとつ鍋の火に暖を取るたくさんの小さき手のひらアフガンは冬　（秦野市）関　美津子

サッカーのリフティングする少年に夕ぐれの家明かりがつかず　（岡山市）奥西健次郎

給料がもう少しよければこの仕事がんばれたのにと施設去る友　（横浜市）太田克宏

昭和まで長男の嫁がやっていたその介護ゆえ低賃金か　（滋賀県）木村泰崇

年賀状一年分を語れずに決まり文句の「元気でいてね」　（川崎市）貝崎みちえ

心地よいＢＧＭのようなもの父のダジャレと母のおしゃべり　（富山市）松田梨子

「朝獲れ（あさど）」の文字に吸い寄せられて買う小樽水揚げ生ぼたんえび　（札幌市）佐々木　淳

煩悩のありて人生楽しとも如来の半眼言ってませんか　（小山市）木原幸江

☆ふるさとの中華料理屋半分こしてたチャーハン姉と味わう　（富山市）松田わこ

がんばっぺお国言葉のヘルパーさん吾れきばいやんせと返し介護受く　（千葉市）野崎耕二

評　一首目、悲惨な状況下にあるアフガンの子らを思いやる歌。二首目、帰りの遅い親を待つ孤独な少年の姿。三首目と四首目、合わせて読むと色々なことを考えさせられる。十首目、「きばいやんせ」は鹿児島弁で「頑張りなさい」。

## 【永田和宏選】　一月十六日

鳩のように首をふってはレジを打つ息子のシャツは衿（えり）からいたむ
（東京都）松本知子

幼子にもどりし母が昨日逝く母にもどらず幼子のまま
（八尾市）西口初栄

祖母入所母は入院こうやってヒトはヒトリになってゆくのか
（高岡市）池田典恵

死というはそこから先はセーターも帽子も靴も不用ということ
（松戸市）遠山絢子

海底の対馬丸をも揺さぶるやトカラ列島地震は止まず
（小金井市）神蔵　勇

「監視カメラ作動中」と札ゆれて無人スタンド野菜が並ぶ
（浜松市）櫻井雅子

久々に妹と会えりボタン押せば写し出さるる遺影なれども
（枚方市）鍵山奈美江

泉岳寺手向けられたる香煙に義士の人気の濃淡がある
（東京都）野上　卓

検定のミスならミスがうれしかり「現代の国語」に小説のこる
（水戸市）中原千絵子

菠薐草（ほうれんそう）ゆでればヨモツヒラサカとつぶやいてしまううたの引力
（長野市）原田りえ子

評　松本さん、「衿からいたむ」が鋭い。母としての労（いたわ）りでもあり心配でもあろう。西口さん、「母にもどらず」逝ってしまったのが悲しく悔しい。池田さん、遠山さん、いずれも残される寂しさ。十首目原田さんは河野裕子『歩く』の掉尾（ちょうび）の一首。

## 【佐佐木幸綱選】　一月二十三日

「ふざけんな」国の隠蔽体質を鋭く衝けり赤木氏の妻
（観音寺市）篠原俊則

☆「認諾（にんだく）」で裁判終わらせ森友を蒸し返させぬと釘を刺す国
（京都市）森谷弘志

書き換えよ改竄（かいざん）せよと中央が地方にそして上司が部下に
（八尾市）水野一也

屈（かが）まりて説明受けるこどもらのきっと一人は消防士になる
（神戸市）米谷　茂

街路樹がまたも一本切り倒さるかつてアベベが駆け抜けし道
（東京都）布施無門

躓（つまず）きし時乗り越えて息子（こ）は人に寄り添い歩む介護の日々を
（松山市）矢野絹代

糸を引く如くに小波立ちにけり湖面を泳ぐ鴨の後ろに
（徳島県）一宮一郎

この街にのこる一戸の古書店の混めり師走の身を細め合い
（我孫子市）松村幸一

新宿のサルはニュースにわが庭の芋盗る猿は悠悠自適
（西条市）村上敏之

子の道の平らかなれと進路掃く「カーリングママ」を卒業できず
（光市）永井すず恵

評　第一〜第三首、「認諾」によって裁判を終結させた森友問題を納得できないとする歌がだんぜん多かった中の三首。赤木氏の妻の歌も多くあった。第四首、消防署の見学だろう。消防自動車を熱心に見つめる子供が目に浮かぶ。

## 【高野公彦選】　一月二十三日

スマホ持つサルとなりたる人間を黙し見ている冬の片月（へんげつ）　（福島市）美原凍子

会釈とはするも返すも美しい文化だスマホが育て得ぬもの　（横浜市）島巡陽一

☆「認諾」で裁判終わらせ森友を蒸し返させぬと釘を刺す国　（京都市）森谷弘志

改ざんし赤木氏の死で守りたる巨大な闇の本体はなに　（西之表市）島田紘一

賠償金払って「森友」隠すこと妻の願いを踏みにじること　（観音寺市）篠原俊則

☆サンタさん気をつけて来て弟がいっぱい罠をしかけています　（奈良市）山添　葵

貼り薬肩に貼り合うはるの宵　などとつぶやき夫貼りくるる　（島根県）門脇順子

朝日歌壇初めて星が二つ付き妻は祝いに刺身買いくる　（栃木県）川崎利夫

握る手のどちらか選ばせどちらにもキャラメル入れてた婆（ばあ）の笑い顔　（札幌市）田上麻理子

☆ぜん力ではしって帰るクリスマスが早く来てくれそうな気がする　（奈良市）山添聡介

評　一首目と二首目、スマホ普及と共に失われてゆく大切なものに思いを馳（は）せる。美原さんは二〇〇三年に出た『ケータイを持ったサル』（正高信男著）を踏まえている。三首目～五首目は、共通のテーマで詠まれた三つの秀歌。

## 【永田和宏選】　一月二十三日

我が息子シュレーディンガーの猫である「既読」点くまで生死判らず
（大阪市）澤井訓仁子

真実を隠す経費が一億円　七百万は命の値段か
（ふじみ野市）谷口俊彦

☆「認諾」で裁判終わらせ森友を蒸し返させぬと釘を刺す国
（京都市）森谷弘志

「ふざけんな」と叫んだ彼女の肩を抱き「くやしいよね」となぐさめたきに
（松戸市）渡辺道子

理不尽な殺害続くアメリカに今なお実る「奇妙な果実」
（五所川原市）戸沢大二郎

四百字の原稿用紙に五百字を詰め込んだよな孫のおしゃべり
（下野市）石田信二

紅玉はゆっくりジャムになりゆけりふつふつ冬の足音がする
（埼玉県）中里史子

守護神の御座しますてふ烏帽子岩禰宜踏んづけて注連縄を巻く
（下関市）原　隆治

☆ぜん力ではしって帰るクリスマスが早く来てくれそうな気がする
（奈良市）山添聡介

☆サンタさん気をつけて来て弟がいっぱい罠をしかけています
（奈良市）山添　葵

評　澤井さん、量子力学の世界で最も有名な猫。ここでは説明しきれないが、思わずニヤリ。谷口さん、森谷さん、渡辺さんは、森友問題の裁判が「認諾」で決着をはかられたことへの強い憤りを。戸沢さんは黒人虐殺を歌ったビリー・ホリデイの歌。

## 【馬場あき子選】　一月二十三日

黒マスク地面に降りてしなやかな蝙蝠（こうもり）のごと地上に臥（ふ）しぬ
（岐阜市）後藤　進

わが許に雪の町より嫁ぎ来し君と雪なきクリスマス祝（ほ）ぐ
（和歌山県）稲葉禮野

当世の学生気質（かたぎ）車内ではただうつむいてスマホ見るなり
（名古屋市）松本　毅

鰰の湯あげうましも雲ひくき庄内浜を母を語りつ
（成田市）鈴木喜代子

請戸（うけど）港に船の擦り合う音うれし宝石箱のごとしシラウオ漁は
（朝霞市）青垣　進

わが生（あ）れし日に清張生れボッカチオ死んで賑やかなり終（しま）ひ弘法に雪
（京都市）森谷弘志

わが髪を切る妻の腕上がりたりはや二年過ぐ疫禍の日日は
（仙台市）沼沢　修

縕袍（どてら）着てつくづくわれは日本人このぬくもりと風呂吹きの味
（蓮田市）斎藤哲哉

夜の間に土間のキウイに死にてをりぬ半ば乾（から）びし青き蟷螂（たうらう）
（水戸市）檜山佳与子

☆サンタさん気をつけて来て弟がいっぱい罠をしかけています
（奈良市）山添　葵

評　第一首は黒いマスクが地上に落ちている風景。蝙蝠にたとえてしなやかに面白く、しゃれた情景にしてみせた。第二首の新妻、雪なきクリスマスを満喫したであろう。第三首は坪内逍遥の『当世書生気質』をもじった車内風景。

## 【高野公彦選】　一月三十日

天と地の低き間（あはひ）に4回転半を舞ふとふフィギュアの神は
（羽曳野市）玉田一成

親兄弟すべてを忘れた方々も歌えば優し「さざんかの宿」
（横浜市）太田克宏

ガラガラの「いなほ」が走る羽越線　んめ物えっぺ待ってださげの
（山形県）鈴木えり子

三十本分の手指の爪切ればさざ波となる白き三日月
（奈良市）山添聖子

あけぼのの淡雪しづか白魚の二艘仕立ての火はなほしづか
（津市）中山道治

知人から里芋人参柚子届きごぼう買い足し今夜はけんちん
（東京都）天野寛子

夢もまた老いてゆくらし見たくない夢をビデオのごとくまた見る
（下野市）石田信二

顔のまわり柚子をひまなく遊ばせて冬至一夜のお大尽なり
（我孫子市）松村幸一

二階席までぎっしりと白マスク浮かぶ今年の第九演奏
（久留米市）塚本恭子

サンタさんぼくの家にはえんとつがないのにどこから入って来るの
（奈良市）山添聡介

評　一首目、きわめて難易度の高い技に挑戦する羽生結弦への賞讃（しょうさん）の歌。二首目、認知症気味の人々を優しく見守る介護職員。三首目、下句は方言で「美味（おい）しい物が一杯待ってるからね」。四首目、床に散らばる爪の三日月の美しさ。

## 【永田和宏選】　一月三十日

文通費庶民はきっと忘れるさ年末年始過ぎるころには
（観音寺市）篠原俊則

スーパーでクラスメイトに会ったとき子にほどかれた左手に風
（奈良市）山添聖子

サプライズ不発に終るクリスマス　サンタ帽にも母は笑はず
（中津市）瀬口美子

わかってる　大事なことは君がいないことではなくて君がいたこと
（和泉市）星田美紀

鉄格子（こうし）より伸ばす掌（てのひら）に雪落ちて春まだ遠き残刑三、一三〇日
（名古屋市）西垣　進

中華そばかけそば寒い被災地で温められて今日も被災者
（南相馬市）佐藤隆貴

「親ガチャ」を言うなら「国ガチャ」あるだろう祖国棄てゆく民を思いぬ
（川越市）吉川清子

音も無く静か静かに降る雪は車が通る音もかき消す
（新潟県）涌井武徳

子が起きる前出勤し子が寝てから帰宅するパパというおじさん
（稲沢市）山田真人

コロナ禍を韓国ドラマに填（は）まりおり「ハン・ジミン」という女優が好きで
（近江八幡市）寺下吉則

評　篠原さん、民衆はすぐに忘れると言ったのはヒトラーだった。忘れてはならないことは何度でも口にしたいもの。山添さん、手を繋（つな）いでいるのを友達に見られることが恥ずかしい年齢の聡介君。瀬口さん、笑ってくれない母が悲しい。

## 【馬場あき子選】　一月三十日

木洩(こも)れ日という英語が無いと知りし朝遠回りして木洩れ日を行く
（埼玉県）岡村真佐美

香具山の神に飾りし小豆粥(あづきがゆ)氏子の数を椿の葉にも
（津市）中山道治

不時着のオスプレイ囲む園児等は米兵を相手に屈託もなき
（東根市）庄司天明

北極にセシウム漂着す八年の福島発の漂流の旅
（福島市）澤　正宏

料理屋の棚に置かれし亡き父のボトル娘と空けし年の瀬
（須賀川市）伊東伸也

ふくら雀見つつおせちをいただいて家族四人の元日しずか
（仙台市）小室寿子

鎮火して仰ぎし空に澄みわたる冬の残月心に沁(し)みぬ
（茅ヶ崎市）秋山嘉惠

猪に頭を垂れて肉を裂くマタギ一滴の血も零さざり
（寝屋川市）今西富幸

大唐を安史の乱より救いたるは回紇(ウイグル)王の史実もあるに
（神奈川県）吉岡美雪

さんたさんにおてがみをかいたおもちゃのれいぞうこくださいいいこにするよ
（蒲郡市）みやしたさあや

評　第一首の「木洩れ日」はたしかに繊細な抒情(じょじょう)をもつ美しい言葉だ。英語表現にないということで愛(いと)しさが一段と増す。第二首の小豆粥を祖神や神々に供えるのは正月十五日。まして香具山ともなれば一段と神々しく、椿葉もゆかしい。

## 【佐佐木幸綱選】　一月三十日

親ガチャと言わず誰もが耐えている孤立無援のヤングケアラー
（川崎市）小島　敦

病む腰に湿布し痛み止め飲んで本日二度目の除雪に向かう
（五所川原市）戸沢大二郎

小児科医四十五年に幕を引く君で最後と女児を抱きしむ
（仙台市）堺　武男

強風に打ち上げられし大量のマリモを湖に戻すボランティア
（札幌市）藤林正則

親鸞が上り下った雲母（きらら）坂冬の比叡に足跡を踏む
（横浜市）森　秀人

あの音は丑三つ時の雪女いいえ亡き子か木枯しのこゑ
（秋田市）沓澤ゆり子

会えぬまま逝きし人あり年明けて実感のなき一周忌来る
（札幌市）港　詩織

これからも共生するかとコロナのこと話題に泥鰌（どじょう）鍋囲みおり
（我孫子市）松村幸一

女が歌ふ男が歌ふ《第九》を歌ふ口が動く目が動く心が動く
（東京都）福島隆史

転倒しメガネ壊して眉切りぬ来年はいいことありますように
（和泉市）長尾幹也

**評**　第一首、「親ガチャ」「ヤングケアラー」といった新しい語を使って、切実な問題をクローズアップする。第二首、今回は各地の雪下ろし、雪かきの歌が多かった。第三首、昨年十二月五日付本欄に載った小児科医のその後。

**【永田和宏選】** 二月六日

光速で観て音速で聴きながら歩く速度で考えている
（綾瀬市）小室安弘

東（ひんがし）に小三治のなく西に仁鶴（かみがた）なき世を陽はのぼりくる
（福岡市）佐々辺のえ

栄養が足りずに死にゆく子の睫（まつげ）　睫は長しアフガンの子の
（東京都）西出和代

遠ざかるものと近づきくるもののはざまにひとつうつし身の椅子
（福島市）美原凍子

核戦争回避を言えり核兵器廃棄をしない五カ国寄りて
（観音寺市）篠原俊則

☆ウイルスが地位協定に守られて堂々と入る基地から町へ
（山口市）平野充好

底あさき釣舟いくつ川の辺に引き上げられて歳晩ちかし
（ひたちなか市）篠原克彦

どんぶりで量る堅田の寒蜆二合三合すぐ売り切れて
（津市）中山道治

水道も凍る寒さの正月の百年前の銀座の荷風
（高松市）島田章平

癖ある木は癖を活かせと就職のわれに教えき林業の祖父は
（仙台市）沼沢　修

評　小室さん、なるほど人間の思考は三つの速度から成り立っているか。佐々辺さん、東西落語界の巨星墜（お）つ。昇る陽も輝きを失って。西出さん、睫の長さが一層哀れを。先週「国ガチャ」なる一首を採ったが、まさにこんな子に思う。

## 【馬場あき子選】　二月六日

凍る庭くちばしのような新芽あり土割り春を待つチューリップ
（加古川市）長山理賀子

稲藁（いなわら）のくじ引き漁の場所決めて寒鮒（かんぶな）漁の始まる寒さ
（岐阜市）後藤　進

☆ウイルスが地位協定に守られて堂々と入る基地から町へ
（山口市）平野充好

基地からの感染拡大抗議すらできない国に我らは生きる
（観音寺市）篠原俊則

県境の武尊（ほたか）の彼方猛吹雪フランスワインでギョーザを食おう
（渋川市）中村幸生

孤独（ひとり）にて生きねばならぬ独房に小さく正座して二年目の元日
（名古屋市）西垣　進

セーターに潜り一首を見失ひ頭を出さずしばしそのまま
（村上市）鈴木正芳

金魚餌に水族館の山椒魚生くるを知るや井伏鱒二氏
（岐阜県）野原　武

籾殻（もみがら）の蒲団の中に空豆の苗育ちゆく大寒の畑
（前橋市）荻原葉月

冬枯れの巨木に魂の気配して密かなりけり空穂の旧居
（東京都）荒井　整

評　春の気配が早いような気がする。第一首のチューリップの芽の表現には可憐（かれん）な新鮮感がある。第二首の寒鮒漁は一月。刺し網を置く場所のくじ引きは昔ながらの稲藁くじだ。第三、第四首は今日の沖縄のコロナ状況への問いかけ。

## 【佐佐木幸綱選】　二月六日

空き家増え喜捨する人も減りゆきて寒行僧も足早にゆく
（豊岡市）玉岡尚士

房総の一日の雪を惜しむかに園児の丈の雪達磨かな
（香取市）嶋田武夫

いのししの足跡に立つ霜柱しろがね色に朝日を返す
（松阪市）こやまはつみ

遥かなる阿蘇連山の中岳の噴煙見ゆる病院サロン
（熊本市）德丸征子

野仏にのどぼとけなくやさしげな羽生結弦に高き喉仏
（松山市）宇都宮朋子

初雪に凍(い)てつき門扉開けられず乗り越えて出る塀の高さよ
（栃木県）富田洋司

白銀にぎらぎら光る海づらに三宅御蔵が重なりて浮く
（東京都）大村森美

霜柱すっくと立ちてブロッコリーの茎も凍るか朝の道ゆく
（逗子市）織立敏博

注連縄に添えて綯(な)いたる稲の穂を初雀らが啄(ついば)み続く
（西予市）大和田澄男

〝あったかーい〟がずらりと並ぶ自販機へ足が向くなり師走の街に
（筑紫野市）松尾さくら

評　第一首、寒風のなか、人口が減少しつつある街を足早に行く寒行托鉢(たくはつ)の僧の姿が目に浮かぶ。第二首、暖かい房総には珍しい積雪。小さな小さな雪だるまが印象的。第三首、作者の家の窓から見えるイノシシの足跡だろう。

## 【高野公彦選】　二月六日

芹、薺(なずな)、御形(ごぎょう)、繁縷(はこべら)、仏の座　寒波の来たり六波も来たり
（京都市）五十嵐幸助

筑後川に挑みつくりし山田堰江戸期の民のいのちの音す
（嘉麻市）野見山弘子

カメラマンの念が通じて転倒す都会の雪を報じるテレビ
（川崎市）川上美須紀

七草が終われば棚は節分豆月日の先頭をスーパー走る
（名古屋市）磯前睦子

「基地からのしみ出し」と言うウイルスが自ら意志を持ちいるごとく
（観音寺市）篠原俊則

被爆の惨知る国なれど核の傘必要といいて署名せぬ国
（アメリカ）大竹幾久子

死ぬことはいつでも出来るもう少し生きてやるとふ難病の子が
（半田市）中野富恵子

白鳥がひき連れてくる寒さありひき連れてくる寂(しず)けさのあり
（館林市）阿部芳夫

長谷寺の藁の囲いのとりどりのそっと覗けば笑む寒牡丹
（東大阪市）池田敏子

お借りした地球を返し礼言うて銀河鉄道に乗って逝きたし
（諏訪市）矢崎義人

評　一首目、七草粥のころ寒波が来て、コロナの六波も、と困惑する作者。二首目、医師・中村哲は朝倉市にあるこの取水堰の構造を調べ、アフガンでの水路建設の参考にした。三首目、誰か転ぶのを辛抱強く待つテレビカメラマン。

## 【馬場あき子選】　二月十三日

☆振袖は母のおさがりニコニコと見ている母の青春まとう
（富山市）松田わこ

寅年に読み返してみる「山月記」わがうちの虎耳鳴りを病む
（新潟市）太田千鶴子

よろよろとバスのステップ上がるとき車内にしろく緊張はしる
（和泉市）長尾幹也

抜きたての大根洗えば初めての光と水をはじく真白さ
（観音寺市）篠原俊則

お互ひに最期の朝と知らざりきベッドの父は静かに笑ふ
（福山市）倉田ひろみ

☆蒼白く凍てつく月のアメリカで除夜の鐘の音スマホに聴けり
（アメリカ）大竹　博

はるばると八千キロ先のトンガからの津波で高知の船あまた沈みぬ
（いわき市）守岡和之

五センチで大雪の地のホームには電車もそろり、そろり入り来る
（川崎市）しんどう　藍

ふくろうに手紙を持たせて飛ばしたい和奏ちゃんの家の目印は何？
（奈良市）山添　葵

白牡丹落葉了（おわ）りて花芽立ち白く光れる朝となりたり
（香取市）松本　久

評　第一首は成人式の一風景。お母さんが着た振り袖を娘が着る。それを見る母の思いはいかばかりか。それを「母の青春をまとう」と詠んでいる。母娘ともに思いは深い。第二首は寅年に読み返す『山月記』。下句は自省の思いか。

## 【佐佐木幸綱選】 二月十三日

☆振袖は母のおさがりニコニコと見ている母の青春まとう
（富山市）松田わこ

海上に発電用の風車見ゆ震災以後の真野のかやはら
（相馬市）根岸浩一

夜明け前横吹(よこぶき)・半過(はんが)・岩鼻と除雪車ゆきぬ予報は快晴
（長野県）沓掛喜久男

左に富士右に浅間を見て走る荒川橋の風の強さよ
（北本市）石渡正人

一斉にバイクのミラーが真っ青な冬空映す駅駐車場
（横浜市）杉本恭子

☆夜勤明けひとり麦酒を飲み終えてこれから私は昨日を眠る
（北秋田市）高橋　充

寒波来るキュッと眼鏡を拭いてから座席でめくる過去問題集
（高松市）島根美和

休日の寒鮒釣りは応援がときどきついてちょっとじゃまする
（館林市）阿部芳夫

窓ごしに手を振る吾にリハビリの父も気づいて小さく返す
（草加市）大原悦子

「吐く息が白いね」と言ふこともなくマスクを着けし冬が過ぎゆく
（京都市）田中優輝

評　第一首、成人の日の振り袖らしい。小学生時代から歌を見ている松田姉妹が二人とも成人されて感無量。第二首、宮城県の「真野の茅原」は万葉集、奥の細道にも出てくる。第三首、「横吹」以下の難しい名詞は地名。

## 【高野公彦選】　二月十三日

九十代の夫婦の家の屋根のゆきをいのちづなつけおろす七十代　（盛岡市）山内仁子

ストーヴは日がな一日料理人シチューを煮込み薩摩芋焼く　（長野県）千葉俊彦

☆振袖は母のおさがりニコニコと見ている母の青春まとう　（富山市）松田わこ

☆蒼白く凍てつく月のアメリカで除夜の鐘の音スマホに聴けり　（アメリカ）大竹　博

マスクして二酸化炭素を吸いながら温暖化の星地球をおもう　（東京都）松本知子

☆夜勤明けひとり麦酒を飲み終えてこれから私は昨日を眠る　（北秋田市）高橋　充

正月は沐浴（もくよく）ならぬ黙浴で二年ぶりなる箱根の温泉　（横浜市）臼井慶子

「今年こそ会おう」の文字がどうせ無理そういう顔で並ぶ年賀状　（東京都）上田結香

冬ながく籠る独りのひとりごと物言ふことを忘れぬやうに　（仙台市）坂本捷子

算数の九九で一番すきなのは九のだんですかっこいいから　（奈良市）山添聡介

**評**　一首目、高齢者が更なる高齢者のために命綱を付けて雪下ろし。二首目、ストーヴは暖房と料理の両方を担当する働き者。三首目、母と娘の通い合うこころ。四首目、アメリカにいても聞きたい除夜の鐘。そこでスマホ登場。

**【永田和宏選】** 二月十三日

なき母の足踏みミシンのひきだしにボタンのつまったペコちゃんの缶　（さいたま市）松田典子

封切を見んとて急ぐ落葉道水道橋より岩波ホールへ　（長野県）金田早百合

見終えたり見てしまいたり同病に自死せしひとのドキュメンタリー　（和泉市）長尾幹也

〈磔刑（たっけい）〉から〈睡蓮〉までの部屋を来てどこかで消えてしまった天使　（堺市）丸野幸子

下さいと彼女の親に何故言うの彼女は物ではありませんけど　（京都市）中尾素子

今ならばジェンダーという括りなり〈リボンの騎士〉から学びしことは　（横浜市）毛涯明子

ノーサイドの笛の終わりに配られる不織布が隠せない熱情　（越谷市）島原さみ

こんにゃく屋傘屋刃物屋ものひとつ作って暮らしていけたあの頃　（観音寺市）篠原俊則

送迎車連絡帳に宿題も加わり保育園児と同じ　（横浜市）神田芙佐子

やまぞえが山ぞえになりそうすけが聡介になる令和四年　（長崎市）里　孝

評　松田さん、足踏みミシンが一家に一台あった頃の母。下句がいい。金田さん、岩波ホールの閉館に衝撃を受けた人は多かった筈（はず）。長尾さん、逡巡（しゅんじゅん）しつつ、遂に最後まで見てしまったのは同病の故。十首目里さん、漢字の聡介君への反応多し。

## 【佐佐木幸綱選】　二月二十日

猛吹雪電信柱目印にはいつくばってタクシー進む
（北上市）佐々木千鶴子

時代劇見る楽しみのひとつにて変体仮名の看板を読む
（大阪市）末永純三

フンガトンガ・フンガハーパイ噴火して海の底にも火山ある不思議
（茅ヶ崎市）藤原安美

マンションに住む孫たちと古民家の大黒柱の光沢あおぐ
（横浜市）田中廣義

☆「し」と打てば「幸せ」と出る携帯に「死にたい」と打つ白き指先
（岡山市）牧野恵子

遠くより港の汽笛聴こえきて故郷思ふ大寒の朝
（横浜市）白川　修

高層のマンションの下一面の小松菜畑をフェンスが囲む
（東京都）佐藤れい子

武尊嶺(ほたかね)に雪雲かかり里しづか霜柱踏み踏みごみ出しに行く
（群馬県）林　恭子

いじわるじゃないのと言い訳くり返しパーティションで子らを隔てる
（山口県）庄田順子

狸にも迷いあるらし雪原の途中で踵(きびす)を返す足跡
（五所川原市）戸沢大二郎

**評**　第一首、短歌による吹雪の描写はむつかしいのだが、この作、苦戦するタクシーをクローズアップして、なかなか。第二首、こういう時代劇ファンもいるのだ。第三首、トンガ語の海底火山名を短歌に詠み込んだ工夫。

## 【高野公彦選】　二月二十日

突然の恩師の訃報を聞くような岩波ホール閉館の記事
（東京都）佐藤研資

速度あげ「特急這（は）い這い」玄関へ父を迎えるもうすぐ一歳
（各務原市）可児千浪

二人とも未知の世界に挑みをり結弦と聡太、氷上盤上
（福山市）小林加悦

☆コメディの映画満喫したわれとあわてて涙ふいている君
（富山市）松田梨子

大滝の翼ばりばり凍りけり心（しん）は轟々（ごうごう）水落下せり
（熊谷市）内野　修

ふるさとの町報に国の未来みる出生二名、逝去十名
（仙台市）沼沢　修

蠟梅よ今は空家の師の庭よ毎年一枝もらいしものを
（名古屋市）磯前睦子

元部下の指示に従い仕事する週に三日の継続雇用
（川崎市）小島　敦

食べるため子を売ると言う同じ世に宇宙旅行をする人もいる
（横浜市）武市治子

☆成人式初つけまつ毛パチパチとまばたきをして見る青い空
（富山市）松田わこ

評　一首目、映画を見て人生のいろいろなことを学んだホールが閉館となるのを惜しむ。二首目、もうすぐ一歳の幼児に「特急這い這い」と名づけたのが愉快。三首目、氷上で盤上で未知の世界に挑戦する若き二人に感嘆する作者。

【永田和宏選】　二月二十日

老人が成熟しない時代来て忙しく過ぎる晩年がある
（静岡市）堀田　孝

京都ではさぶいさぶいと二回言う御所から上（かみ）は余計にさぶい
（日進市）山本佳子

Status of Forcesと称すらし「地位」と訳したのは日本人
（水戸市）中原千絵子

この猫とわずかに首をかたむけるくせが似てるねきみがすきだよ
（陸前高田市）高田月光

深大寺おびんずるさまも触れられず木肌をなでゆく初春の光
（調布市）柳沢英子

検温と手指消毒を終えてから厄神さんの石段のぼる
（神戸市）松本淳一

手を軽くあげて煙草の火を借りる昭和にあった男の仁義
（大和郡山市）四方　護

☆「し」と打てば「幸せ」と出る携帯に「死にたい」と打つ白き指先
（岡山市）牧野恵子

霊膳を食べてくれぬとしみじみと亡き叔父を言ふその叔母も逝く
（東根市）庄司天明

混み合えば自ずと客の斜めになる梅田地下街立飲みの店
（中央市）前田良一

評　堀田さん、なんだか私のことを言われているみたい。山本さん、確かに京都人はそう言うな。下句も確かにその通り。中原さん、問題の多い日米地位協定。英語名の響きはより直截（ちょくせつ）的か。高田さん、巧みな口説きでかつ思いは直球。

## 【馬場あき子選】 二月二十日

☆コメディの映画満喫したわれとあわてて涙ふいている君
（富山市）松田梨子

東西ゆ声援を背に両力士勝者敗者にそれぞれの母
（香取市）嶋田武夫

船底の下は地獄のベーリング海蟹蒲（かにかま）作りの漁船が走る
（八尾市）宮川一樹

☆成人式初つけまつ毛パチパチとまばたきをして見る青い空
（富山市）松田わこ

断捨離に祖父の形見の陸軍の帽子を見つけ眺め入る午後
（三原市）池田桂子

命終まで悪化せん病まといつつ心のどこかに待ってる奇跡
（和泉市）長尾幹也

国中（くになか）の従兄はひねもす桃をもぐ余命三月（みつき）の身を惜しみなく
（富士宮市）髙村富士郎

常夜灯はうれん草を狂はせて早も茎立つ大寒の畑
（前橋市）荻原葉月

名を持たぬ雑種が気楽でいいよなと二匹の保護猫膝に酒飲む
（観音寺市）篠原俊則

いかばかり海は荒れしか見の限り浜に積みたる藻屑一尺
（鶴岡市）大沼二三枝

評 第一首は「君」と楽しもうとコメディ映画を観る。大満足の自分と涙を拭う君。悲喜はもとより裏表だ。観方のちがいにはっとして新しく「君」を発見しただろうか。第二首も必ず勝負が分かれる土俵の両力士の背後に母を思う。

## 【高野公彦選】　二月二十七日

街灯は自動点灯日ごと日ごと遅く灯りて春近づきぬ
（五所川原市）戸沢大二郎

最終章の新聞小説切りぬきて夫に届ける病院受付け
（さいたま市）田上洋子

皮剝（は）いだ白身魚の肌のような雲が教える　今宵日本酒
（熊谷市）飯島　悟

☆閉館をパリに惜しみぬ若き日にもぎりをしたる岩波ホール
（フランス）佐久間尚子

☆ファッションの好みが少し変わる時生き方の好み微妙に変わる
（富山市）松田わこ

コロナ禍を耐えし老翁店じまい昭和の匂う揚げ物屋さん
（ふじみ野市）片野里名子

屋根の上さらにひとつの白き屋根あるがごとくに雪は積もれり
（札幌市）伊藤　哲

愛らしい犬猫映す番組はチャンネル変えてまだペットロス
（伊勢崎市）小林智美

「戦力なき軍隊」なりしがいつの間に敵基地攻撃能力をいふ
（北本市）石井　徹

☆「お姉ちゃん今すぐひみつきちに来て」紙飛行機の手紙がとどく
（奈良市）山添　葵

評

一首目、津軽はまだ雪の中だが、それでも春が近づいていることを街灯が知らせる。二首目、面会できなくとも、せっせと切り抜きを届ける健気（けなげ）な妻。三首目、白身魚の肌のような雲が誘惑する――今夜は日本酒が旨（うま）いよ、と。

## 【永田和宏選】　二月二十七日

あ、ぼくとのん気な声の留守電を残して弟逝ってしまえり
（大和高田市）森村貴和子

「計画」という字は水平垂直の線ばかりにて少し息苦し
（東京都）薫々歩知

「一寸（ちょっと）」より「鳥渡（ちょっと）」を選びたき午後の行間に虹刷（は）くごとき静寂（しじま）
（京都市）森谷弘志

百歳を超える人増え年齢を記入する欄三ケタとなる
（川崎市）小島　敦

名護選挙どちらのがはも苦しからん外がはにゐるわたくしよりは
（北九州市）嶋津裕子

被災地という被災地に春が来て今年こそはとどの被災地も
（南相馬市）佐藤隆貴

籠城（ろうじょう）を決め込むように大雪の日は鍋料理たっぷり作る
（札幌市）住吉和歌子

母を詠みし歌が葬儀の日に載りて柩の隅に置く掲載紙
（東京都）伊東澄子

祭礼の笙鼓（しょうこ）の音を聞きながら明日が納期の出荷を急ぐ
（さいたま市）石塚義夫

☆「お姉ちゃん今すぐひみつきちに来て」紙飛行機の手紙がとどく
（奈良市）山添　葵

評　森村さん、最後の声が留守電で、それが「のん気な声」であったことが一層哀（かな）しい。薫々さん、確かに直線ばかり。計画なんてそれ自体が息苦しい。森谷さん、どう違うとは言わないが、わかるなあ。小島さん、いい気づきだ。

## 【馬場あき子選】　二月二十七日

原子力に右往左往のこの世紀アインシュタインの舌は出たまま
（高崎市）熊澤　峻

氷点下なれど晴朗もうもうと霧立つ下着を十枚干しぬ
（松本市）馬木和彦

☆ファッションの好みが少し変わる時生き方の好み微妙に変わる
（富山市）松田わこ

涅槃会（ねはんえ）の寺の厨はやしょうまの大豆のかおり母の鼻唄
（さいたま市）齋藤紀子

桑畑の暗き湿地（じくた）にのつそりと蟇（ひきがへる）ゐて地蔵のごとし
（伊那市）小林勝幸

☆閉館をパリに惜しみぬ若き日にもぎりをしたる岩波ホール
（フランス）佐久間尚子

☆「お姉ちゃん今すぐひみつきちに来て」紙飛行機の手紙がとどく
（奈良市）山添　葵

泣きながら眠りにつきし子の足に顎を乗せつつ眠る老犬
（多治見市）野田孝夫

冬もなほ枝に茶色の栗の毬病みてさみしく息するが見ゆ
（岐阜市）後藤　進

手の甲のメモが消えないナースの娘多忙極める職を選びて
（西海市）前田一揆

評　第一首、アインシュタインの舌の写真は広く知られている。誕生パーティーのあと笑顔を求められた時のもの。その後の原子力の功罪を思うと、この表情も意味が深い。第二首は零下七度の地。洗濯物を干した時の霧立つが印象的。

## 【佐佐木幸綱選】　二月二十七日

出停の生徒はついに百人になりてリモート授業に戻る
（蓮田市）平田栄一

「オールドブラックジョー」身に沁みて聴くといふ賀状の友をわれも諾ふ
（柏崎市）阿部松夫

韮摘めば「ふたもじ」と呼びし父想ふ女房詞は今やまぼろし
（千葉市）篠崎秀次

野水仙に見惚れし島の遠ざかる冬波しぶく船室の窓に
（岡山市）三好英男

バリバリと車出て行き朝早く後尾を揺らし轍に入りぬ
（富山市）堀　恵子

画用紙はひとりごとさえ吸い込んで黙ってそこに午後二時の白
（吹田市）小林はな

干上がりし沼に鳶のつつく餌を背黒鶺が横取りをする
（栃木県）川崎利夫

毛並み荒れ老いた狸が大寒の庭を横切り裏山へ行く
（広島市）坂田敏暉

褒めるのも叱るのもマスク越しこのまま卒業していくのか
（藤枝市）菊川香保里

鼈という字の訓読みは「すっぽん」で鼇という字は「おおすっぽん」だ
（福島市）髙橋春奈

評　第一首、「出停」はコロナ感染による出席停止のこと。結句「戻る」が多くを語って印象的。第二首、「オールドブラックジョー」は一八〇〇年代の老境をうたう。第三首、女房言葉は御所などに仕えた女官の用語。

## 【永田和宏選】　三月六日

復縁をせまる男にしか見えぬウクライナめぐりプーチンの顔
（大和郡山市）四方　護

薬学の初講義にて刻まれる「クスリ」と「リスク」表と裏を
（佐賀県）真子美佐子

母と乗る暖房のきく霊柩車鳩放たれてクラクションの鳴る
（対馬市）神宮斉之

今ならば気付かれないで伸ばせます髭（くちひげ）も髯（ほおひげ）も鬚（あごひげ）も
（尾道市）森　浩希

きのうまでの熊本産が今日からは中国産のあさりに戻る
（浜松市）櫻井雅子

「支払いは現金ですか」と問われしが「木の葉でお願い」とは言えざりき
（舞鶴市）吉富憲治

自分ならやらなかったか自問する今朝の一面収賄記事読み
（霧島市）久野茂樹

☆家族にて外食に来つわれのみが卓をズボンを唇を汚す
（和泉市）長尾幹也

高層階窓はすべてがはめ殺し空気がどんどん重くなりゆく
（東京都）清水真里子

のっそりと月出で来れば雪原は雪洞（ぼんぼり）のごと闇に浮かびぬ
（五所川原市）戸沢大二郎

評　四方さん、いよいよ始まってしまったロシアのウクライナ侵攻。この一首はその前に詠まれたものだが、初句はなるほど言い得て妙と同感。真子さん、薬の本質が薬学講義の最初に。「薬のリスク」の回文は、心に刻まれるだろう。

## 【馬場あき子選】　三月六日

流氷の寄せ来る音に目を覚まし海を見に出る紋別の朝
（東京都）矢次陽一

鱚（キス）・鮫鱇・鯉の唇（くち）して泳ぐとき不思議に泡と消えるストレス
（箕面市）大野美恵子

レプリカの埴輪の馬も窓辺より積雪見おり如月の午後
（舞鶴市）吉富憲治

☆初めて夫が短歌を詠んだワクチンの三回目副反応の夜
（奈良市）山添聖子

☆弟が父に短歌を教えてた「ならったかん字はぜんぶつかいや」
（奈良市）山添　葵

しばれたる白神山地の橅（ぶな）の木の幹に流るる熱き水脈
（五所川原市）戸沢大二郎

里帰りの私をほっとさせるものお風呂に響く姉の歌声
（富山市）松田わこ

夜更けから一心不乱に降る雪を見つめてあきらめる美容院
（富山市）松田梨子

カラスらは声無く帰り来たりけり大コウモリは深くは追はず
（高崎市）門倉まさる

縁（えにし）なき女（ひと）にはあれどベランダに干し物するを今日も見上ぐる
（さいたま市）石塚義夫

**評**　第一首、紋別の海の流氷はどこから流れてくるのか。どのような音がするのだろう。流氷下の海には豊富な魚群が潜むのだ。第二首は泳ぐ時の唇の様々な形が全部魚の口の形で比喩されてユニーク。なるほどストレスも解消だ。

**【佐佐木幸綱選】** 三月六日

「上向いて」「それ下でしょ」食事時施設のホールは呆(ほう)けと突っ込み
（銚子市）小山年男

オンラインレッスンで知る先生のマスク無い顔愛猫のチビ
（鈴鹿市）樋口麻紀子

山肌を斜めに走り十津川の雪は谿(たに)へと蹌々(さうさう)と降る
（生駒市）辻岡瑛雄

灰色の冬木切絵のかたちして播州平野の空低かりき
（大阪市）中野純子

子を乗せる早朝のバス立春を境に日の出より遅く発つ
（尾道市）森　浩希

先代の頑固引き継ぐ寿司屋ありサーモン置かず指先で食む
（福知山市）大槻一郎

ひとりまた無縁仏で火葬する民生委員の印を捺すとき
（東京都）河野行博

チョキの指三本たってしまう子は一本たおす左の指で
（稲沢市）山田真人

祖母たちの竹槍よりもはかなかり木の銃構えるキエフの女性
（水戸市）中原千絵子

☆家族にて外食に来つわれのみが卓をズボンを唇を汚す
（和泉市）長尾幹也

評　第一首、「施設」は高齢者施設だろう。集まった人たちの笑い声が聞こえるような一首。第二首、先生のマスクのない顔や自宅をはじめて知った画面の世界。第三、第四首、奈良県の十津川、兵庫県の播州平野の冬景色。

## 【高野公彦選】　三月六日

無為徒食数独杜甫詩書写昼寝散歩晩酌コロナ七策
（秋田市）斉藤一夫

三度目のコロナワクチン打つ夫は力うどんを食みて出でゆく
（丸亀市）香西美智子

☆初めて夫が短歌を詠んだワクチンの三回目副反応の夜
（奈良市）山添聖子

医師死せり東で射殺西焼殺　命を救ふ命奪はる
（朝霞市）青垣　進

「義によりて助太刀いたす」に比ぶれば「寄り添います」は実のなき言葉
（神奈川県）神保和子

シャッターとガードレールにスプレーの霊長類のマーキング痕
（春日部市）髙田明洋

もういない本当にそうか五十年も一緒に居たし服もあるのに
（筑紫野市）桂　仁徳

缶ビンがこんなに溜まる九割は夫の飲み物濾過多き人
（中津市）荒谷みほ

それぞれが画面を見ながら咀嚼してスマホが夕餉を孤食にしている
（東広島市）黒木和子

☆弟が父に短歌を教えてた「ならったかん字はぜんぶつかいや」
（奈良市）山添　葵

評　一首目、切れ目は「無為、徒食、数独、杜甫詩書写、昼寝、散歩、晩酌」。なるほど心身に良さそうなコロナ対策七つ。二首目と三首目、副反応の抑止対策として前者は力うどんを食べ、後者は短歌を詠んだ。さてその効果は？

## 【馬場あき子選】　三月十三日

毛筆を介護士さんに褒められた父が書いたのは「母」の一文字
（佐世保市）近藤福代

ようやっと舶来ものを三度打ついまだ国産出来ぬワクチン
（春日部市）斉藤利彦

母が乗るデイサービスのワゴン車に雪降りそそぐ立春の朝
（酒田市）三笠喜美夫

職場へと行く前われの昼食におにぎりつくる妻の冬の手
（和泉市）長尾幹也

最後尾レース捨てないランナーに審判鐘を長めに鳴らす
（和歌山県）榎本　徹

☆追われたる鬼らそろそろ舞い戻る人の胸中とう棲（す）みどころ
（福島市）美原凍子

家族守る非常持ち出しの袋に子犬のフードが増えてふくらむ
（山口県）庄田順子

ああどこか行きたいねえ春になれば啓蟄（けいちつ）を待つ蛙の会話
（徳島市）上田由美子

立春の午前三時のわさび田の清水汲みきて朝飯を炊く
（伊那市）小林勝幸

弟の秘密基地には「そうすけのひみつきち」ってかん板がある
（奈良市）山添　葵

評　第一首は父の筆がきを介護士さんが褒めてくれた歌。その字が「母」であったことに老父の心にあるその母との長い濃密な時間が浮かび上がった。第二首は輸入品のワクチンを舶来と言いかえ、近代を超えていない現実を指摘。

## 【佐佐木幸綱選】　三月十三日

傍らに入院の夫戻りきて「連れ合い」という言葉かみしむ
（神戸市）塩谷凉子

限りなく暗く「陽」の字のしかかる陽陽介護の実態聞けば
（春日井市）伊東紀美子

受診してカウンセラーの話聴く言いたいことを話せよ私
（川崎市）松浦元子

ぬめる腹いよよ大きく如月の飛驒山椒魚の産卵近し
（高崎市）宮原義夫

超勤を避けて定時に開始する零下8度の通学路指導
（札幌市）佐々木　淳

歩き遍路四十七日目菜の花のむこう大窪寺山門見えきぬ
（交野市）西向　聡

五つ六つ浅いくぼみにおさまりてすずめ砂浴び冬の陽きらきら
（堺市）山口美智子

立ち入れば厨の時間じゃがいもがくずれるだけで起きるさざ波
（吹田市）小林はな

スケートのパシュート見てて思い出す鉤から竿になって飛ぶ鳥
（市川市）中沢庄平

微かなる青さ宿せる積雪の川原に立ちて鶺鴒（せきれい）を待つ
（舞鶴市）吉富憲治

評　第一首、「連れ合い」という江戸時代からの古い言葉に光を当てて新鮮。第二首、「陽」の字が暗いという驚き。「陽陽介護」は陽性の職員が陽性の入居者を介護することだという。第三首、励ます自分と励まされる自分。

## 【高野公彦選】　三月十三日

日向だけ視察していく大臣に見せてやりたし日蔭のフレコン
（須賀川市）伊東伸也

Vの字に連なり白鳥飛びゆけり陵侑選手のふるさとの空
（久慈市）三船武子

絢爛(けんらん)たる五輪のかなたウクライナの町に軍靴の響き迫り来
（町田市）村田知子

北は降り南は晴るるきのふけふ琵琶湖横切る雪の境界
（枚方市）秋岡　実

「宿題を嫌がる鬼」を追い払わんと小一の孫己に豆まく
（大和市）渡辺拓郎

☆あの日どこにいらしたと問えば誰にでもあの日があって十一年過ぐ
（東京都）西出和代

大和路はいつもなつかし幼子のような地蔵の赤き毛帽子
（高岡市）梶　正明

☆ひと電車遅らせて飲む三本目　彦根駅前あては鮒鮨
（吹田市）伊倉邦人

☆栓抜きの代りにもなった夫の歯は灰にはならず壺に収まる
（由布市）村上裕子

弓道に行く日は五時起き東(ひんがし)に金星凍て居り今日は節分
（横浜市）松村千津子

評　一首目、大臣は肝心な所を見ない。知っていて、見ないのだろう。二首目、三首目、北京の冬季五輪にまつわる歌。明るい歌と、暗く厳しい歌と。四首目、太平洋側の天候と日本海側の天候の境目が琵琶湖の湖上にあるらしい。

## 【永田和宏選】　三月十三日

☆追われたる鬼らそろそろ舞い戻る人の胸中とう棲みどころ
（福島市）美原凍子

対面といえども長きテーブルよ両角座り首脳会談
（鎌ケ谷市）羽鳥健一郎

『NO WAR』とかかげる選手の故郷に四方から今戦車近づく
（町田市）村田知子

真愛（まお）ちゃんが乗ったのだろう補助輪のついた自転車現場に残る
（観音寺市）篠原俊則

冬富士は東西南北どこからも脊柱（せきちゅう）起立筋伸ばしおり
（札幌市）田巻成男

☆栓抜きの代りにもなった夫の歯は灰にはならず壺に収まる
（由布市）村上裕子

☆ひと電車遅らせて飲む三本目　彦根駅前あては鮒鮨
（吹田市）伊倉邦人

☆あの日どこにいらしたと問えば誰にでもあの日があって十一年過ぐ
（東京都）西出和代

顔認証指紋認証パスワードどれがおのれかどれもおのれか
（富士市）村松敦視

人間の死亡率は100パーセント早いか遅いかどんな形か
（神戸市）川村睦月

評　美原さん、せっかく追い出した鬼も、すぐに「人の胸中」に戻ってくるのは余程棲み心地がいいのだろうと。羽鳥さん、村田さん、いずれも緊迫するウクライナ情勢を侵攻の前に。決して他人事ではない。〈鬼〉は時に為政者の胸中にも。

## 【佐佐木幸綱選】　三月二十日

真っ白な吹き出し二つ溶け合って駅のホームにおはようの声
（霧島市）久野茂樹

除雪車もまだ出ぬ未明地吹雪と吹き溜り越え仕事に向かう
（山形県）鈴木えり子

織物業を半世紀夫とつづけたり夢にときどき織機現る
（一宮市）園部洋子

「侵攻」や「開戦」の字が急速に幅を利かせて紙面蒼ざむ
（東京都）十亀弘史

ひとつおきに空いた座席も充たしゆくチェロの奏でる「鳥の歌」聴く
（枚方市）唐崎安子

恒例のかきまつりなく牡蠣舟が浮桟橋に朝より舫（もや）う
（石川県）室木正武

歩けなくなれるこの日のためにこそ歌詠み来しやありがとう歌
（和泉市）長尾幹也

手をほどき幼は走る向こうへとゼブラゾーンはペンキ塗りたて
（川崎市）井上優子

バタ足のクラスに進級した途端ママに手を振る回数は減り
（水戸市）加藤慶子

歌壇には松田家族の暮しあり一人暮しに詠めない暮し
（福山市）小林加悦

評　第一首、小さな駅の早朝の光景が目に浮かぶ。声を視覚化した楽しい遊び心。第二首、降雪量の多い地域の早朝出勤。雪明かりがあたりを浮かび上がらせる。第三首、夢に出てくる織機を夢の中で動かしているのだろう。

## 【高野公彦選】 三月二十日

言葉無くただ寄り添ひて泣く菜那の背をさすりやる美帆のてのひら
（箕面市）大野美恵子

一次・二次大戦ありしヨーロッパまたきな臭いロシア西部は
（宮崎市）太田博之

人間はそれほど進歩していない昔バルカン今ウクライナ
（川崎市）小島　敦

ボルネオの熱帯雨林に棲むサルの倍の高みにヒト属が住む
（札幌市）田巻成男

真愛（まお）ちゃんも結愛（ゆあ）ちゃんもまた心愛（みあ）ちゃんも名付けの時は愛がもらえた
（大府市）高橋みどり

モンゴルの草原わたる風を聞く「スーホの白い馬」の音読
（奈良市）山添聖子

「あなた」「パパ」「じいじ」と妻が変えてきた私の呼び名出世魚のごと
（茨城県）樫村好則

☆大人になるのイヤだと言ったら友笑う私たち二十歳大人ゼロ歳
（富山市）松田わこ

☆カルダモンシナモンクローブ君の炒る巣ごもりスパイスカレーは香（こう）ばし
（東京都）金　美里

春という卵身ごもっているような雨水（うすい）の空の雲のまろみよ
（川越市）津村みゆき

評　一首目、パシュート決勝で最終コーナーで転倒した姉を慰める高木美帆。でもチームは銀メダル獲得。二首目、三首目、ロシアがウクライナに侵攻しそうな気配（このあと侵攻開始）。四首目、高層マンションで暮らす多数の人々。

【永田和宏選】　三月二十日

傷兵のために輸血の準備までしたとの記事に朝が冷えきる
（東京都）十亀弘史

コサックの故郷なりしウクライナ「隊長ブーリバ」息つめ読みき
（大和郡山市）四方　護

片方のマスクを外し茶を啜る藤井五冠のニキビが覗く
（壱岐市）篠崎美代子

洋服を着て抱っこされ散歩する犬の哀しさ人の幸せ
（熊谷市）飯島　悟

ひたぶるに師の癇癪に耐へしといふ山口茂吉の一首を知らず
（山形県）南岡一郎

化け上手はきつねかたぬきどっちだとつい考える京のうどん屋
（京都市）五十嵐幸助

鶲（ひたき）来て鶲去りたる枝枝のしばしずかに揺れておりけり
（山梨県）笠井　彰

本人じゃないもんね　君は呟く君の病をいかに思えど
（岐阜市）木野村暢彦

「水虫も棲めぬ躰になったか」と言って半年父他界せり
（姫路市）箭吹征一

もう八年妻亡き世とふ展翅（てんし）板にピンで留められまだ息はあり
（仙台市）三瓶　真

評　十亀さん、まだ大丈夫と思っていた頃、既に臨戦態勢に入っていた当事国の覚悟を知る。四方さんも、まだ侵攻前の危惧を。篠崎さん、藤井五冠の歌は多かったが、一瞬の着眼が生きた。飯島さん、時に見かける景を皮肉たっぷりに。

## 【馬場あき子選】　三月二十日

二回転までは景色が見えるという北京の空飛ぶ雪上の少女
（京都市）森谷弘志

ご主人のバスの座席の横に伏し盲導犬は気配を消しぬ
（千葉市）愛川弘文

古典より数学が楽数学は「別腹」だからと理数科生徒
（岐阜県）勝野美佳

一切れの西瓜より植えし種六つその一つのみが獄で芽を出す
（名古屋市）西垣　進

☆カルダモンシナモンクローブ君の炒る巣ごもりスパイスカレーは香ばし
（東京都）金　美里

駅前の青いネオンが雪に揺れタロット占い10分1000円
（富山市）松田梨子

心なしか人出少なき公園の鹿の目濡れて春の足音
（多摩市）谷澤紀男

千利休の寄贈なしたる石灯籠筥崎宮（はこざきぐう）に残り春くる
（福岡市）前原善之

☆大人になるのイヤだと言ったら友笑う私たち二十歳大人ゼロ歳
（富山市）松田わこ

道に出て翁の帰宅を待っている庭に放し飼いされている山羊
（前橋市）荻原葉月

評　第一首はオリンピックのスノーボードに出場した少女の言葉であろうか。「二回転までは景色が見える」はすごい。第二首の盲導犬、目的を果たしたあとの「気配を消しぬ」の把握がいい。第三首は「別腹」が格別の面白さだ。

**【高野公彦選】　三月二十七日**

ロシア軍の侵攻続くウクライナ　ソフィア・ローレンの「ひまわり」哀し
（船橋市）村田敏行

戦争の新聞配る僅か前北京の感動配っていたのに
（甲州市）麻生　孝

おびえつつ防空壕で聞きし音いまウクライナにひびくサイレン
（嘉麻市）野見山弘子

夜の闇に乗じて移動する軍をロシアは「平和維持軍」と呼ぶ
（観音寺市）篠原俊則

戦争を仕掛けし主（ぬし）はスーツ着て高価な時計右手に光る
（群馬県）長浜利子

自国民保護するための侵攻と同じ嘘つくナチスとプーチン
（狛江市）松本勇一

アメリカの金メダリストはキムやチェン　アジアヘイトはさておき祝う
（アメリカ）大竹幾久子

白内障手術の我に付き添うと九十歳の母はまだ母
（東京都）青木まゆみ

湯につかり食べて語ったひとときは5波と6波の奇跡の波間
（富山市）若林千影

な行には水分の含まれておりら行は光を宿しつやめく
（奈良市）山添聖子

評　一首目〜六首目、ロシア軍の侵攻を詠む。戦争で引き裂かれた男女の愛を描いた名画「ひまわり」の印象的なシーンが、広大なウクライナのひまわり畑だった。十首目、ナ行とラ行の音韻の特徴を詠みつつ、ナラ（奈良）を讃（たた）える歌。

**【永田和宏選】** 三月二十七日

戦ひにもどる夫と国境に抱きあふ妻の手にネコヤナギ
（日立市）加藤　宙

あの下で人が死んでる泣いている国を出る人出られない人
（茨木市）瀬川幸子

繰り返す歴史の果てに繰り返すことの出来ない時が来るかも
（国立市）加藤正文

パンパンに膨らむ〈てぶくろ〉の中にいる動物たちよ急いで逃げて
（横浜市）臼井慶子

「蒼ざめた馬」の文庫を手に丸めロシアを恋ひて留年決めた日
（小松市）沢野唯志

目と耳を塞ぎて伏しし遠き日の訓練思ふ嗚呼ウクライナ
（川崎市）上山暢子

国名が「aア」で終わるのは女性形女は戦を好まぬものを
（五所川原市）戸沢大二郎

ウクライナの民の命を奪う国ロシアが安保理議長を務める
（観音寺市）篠原俊則

自閉症の息子が教えてくれました江ノ電踏切はイ短調で鳴る
（鎌倉市）佐々木　眞

公園に家族で行った日曜が大事だったと気づく日曜
（和泉市）星田美紀

評　加藤さん、妻子を送り届けて戻る夫。戦いは常に家族をひき裂く。瀬川さん、出る人も出られない人も共に辛い。三首目加藤さん、歴史は繰り返すと言うが、核がちらつく今、これが最後となるかもと。臼井さん、〈てぶくろ〉はウクライナの民話。

## 【馬場あき子選】　三月二十七日

一人居の更け行く夜を慰めむスルメは網の定位置に置く
（香取市）嶋田武夫

枯山の枯木枯枝濃(こま)やかに木の芽吹く日の風のやさしさ
（霧島市）秋野三歩

段畑のあずき何度も庇くえど嫗(おうな)は決して人に語らず
（群馬県）飯塚八起

「平凡な暮ししたかった」と銃をとり戦火の中へ消えし若者
（北海道）大戸秀夫

砲撃に苦しむ人を思いつつなすすべもなくBランチ食べる
（東京都）薫々歩知

自主隔離個室に届く夕食の息子がかけてくれたふりかけ
（岸和田市）西村　史

ブロッコリーの葉はことごとく食べられて身に良きものを知っている虫
（前橋市）荻原葉月

空港のロビー雑魚寝の中にゐて大学受験の勉強つづける
（札幌市）藤林正則

便捨夫の踏みたる深き雪跡は獄庭に残り春はまだ来ぬ
（名古屋市）西垣　進

地震、津波、放射線から逃げし地の知人数多(あまた)の今知れる僅(わず)か
（郡山市）柴﨑　茂

評　第一首の上句は少し古風な人間の感が漂うが、それに対する下句がユニークである。スルメを焼く時の定位置がある人物。ちょっと魅力的。第二首は第三句の「濃やかに」で全体が支えられ生きた。第三首の嫗の心やさしさに感動。

## 【佐佐木幸綱選】　三月二十七日

初めてのコロナ感染長かった十日が終わり明日は出社す
（川崎市）中村真一郎

若き日にチェーホフに知りし古都キエフ戦場となる春の日かなし
（春日市）藤井量子

ウクライナ国旗の上は青下は黄青空と小麦独立のこころ
（さいたま市）木村雅子

田の土が潮のごとく寄せてくる雪をのみこみ光はじきて
（上越市）藤田健男

杉森の影のかたちに霜残る山畑ゆけば鳶のなく声
（ひたちなか市）篠原克彦

三人の除雪当番二人目は午前三時にエンジンかける
（大津市）佐々木敦史

鷺が来たハクビシンが来た鴨も来た我が家の池は冬の交差点
（酒田市）富田光子

学童は在宅勤務の母のそば小さな机でオンライン授業
（千葉市）持丸文子

電線に八羽の鳥いて文句言う網をかぶせし千両に向きて
（東京都）勝野富士江

冬の夜長女は我の手を握り次女はお腹に上りて眠る
（佐賀市）岡田友里

評　第一首、新型コロナに感染し、回復した体験をたんたんと表現した一首。余白の大きさが読める。第二、第三首、ごく初期のウクライナ関係の報道に接しての感慨。キエフもウクライナもほんの一部しか知らなかった私たち。

## 【永田和宏選】 四月三日

どこからも見えるなんてもの奈良になし斑鳩の塔西の京の塔　（大和郡山市）四方　護

「ただいま」と「いってきます」と手は振れど手を合わせられぬ写真の君に　（横浜市）日比みき

スタッフは忸怩（じくじ）たるものあると言うロシア料理で店の名キエフ　（川崎市）小島　敦

「怖いよ」と「死にたくない」と幼子はカメラに語る地下壕の中　（東京都）八巻陽子

ロシアの兵ウクライナの兵前線の兵の誰にも母がいること　（観音寺市）篠原俊則

ロシア軍の撃墜されしヘリコプターの兵士にもある母・妻・子供　（五所川原市）戸沢大二郎

クラスター爆弾は残虐とふさりながら残虐ならざる戦争やある　（奈良市）阪上　元

「モスクワに反戦デモ」の小記事を切り抜いて読む救いのように　（蓮田市）斎藤哲哉

野良猫が地域猫とう名をもらいブロック塀の上で居眠る　（神戸市）平田まり

☆体いくかんで六年生をおくる会し会はうちのお姉ちゃんです　（奈良市）山添聡介

評　四方さん、スカイツリーのような塔はここにはないんだという誇り。日比さん、手を合わせると死を認めてしまうようで、どうしてもできない。よくわかる。三首目～八首目、ウクライナ侵攻を憂うる歌の多さが頼もしく思われた。

## 【馬場あき子選】　四月三日

武蔵野の大地の春に沓(くつ)脱ぎて足指広げ指紋で味わう
（朝霞市）青垣　進

☆手始めに線量測る畑(はた)仕事十二年目の福島の春
（須賀川市）近内志津子

波消しのブロックに行く手はばまれてアカウミガメの浜まどひ行く
（鹿嶋市）加津牟根夫

車椅子の息子を押して進む母まだ見ぬ国境までの道のり
（寝屋川市）今西富幸

一杯の紅茶とパンに涙する捕虜となりたるロシアの兵士
（観音寺市）篠原俊則

ウクライナを攻めるなのビラかざす女(ひと)を拉(らっ)する警官ロシアの無残
（福島市）青木崇郎

キエフでの総動員令で蘇る学徒動員出陣の雨
（三鷹市）山縣駿介

朝日さしまぶしく光るハウスよりイチゴ摘む人笑みて出できぬ
（須賀川市）布川澄夫

お勤めを済ましてまた寝する床に朝餉を孫が告げに来るなり
（東根市）庄司天明

春ちかき峡(かい)の広場の村歌舞伎あの姫さまは役場の窓口
（ひたちなか市）篠原克彦

評　第一首は「武蔵野の大地の春」という大きな設定が、季節の力を如実に感じさせ、下句の繊細な点を面白くしている。第二首は被災十二年目の福島の大地の嘆きの深さに改めて心打たれる。ロシアのウクライナ侵攻を詠んだ歌多数。

## 【佐佐木幸綱選】　四月三日

明日明後日明々後日分のワイシャツを畳みつつ聞くウクライナの声を
（川崎市）門間和音

手をひかれ人形抱いて歩む子の吐く息白く国境遠く
（堺市）芝田義勝

水平に構へし銃で狙ひ撃つ兵士の心映りてをらず
（岐阜市）後藤　進

☆手始めに線量測る畑仕事十二年目の福島の春
（須賀川市）近内志津子

枯れ蓮の池も春めく水の面の写す白雲、梅のくれない
（堺市）丸野幸子

鴨帰り鴨を数える人も去り河川敷には春の風吹く
（中津市）瀬口美子

ひとりですと言へば独居と打ち込みて医師は気づかず異議あるわれに
（仙台市）佐藤牧子

三匹の亀を飼ってる吾子よりのこの亀だあれとアップの写真
（三鷹市）宮野隆一郎

若い子にナンパされたと笑ふ妻マスクが隠す五十八歳
（戸田市）蜂巣幸彦

箱庭を詠みて稲畑選に入りわが文芸の天地さだまる
（相馬市）根岸浩一

評　第一首、自身の小さな未来といつまでつづくか全く分からないウクライナ問題の行方。第二、第三首、連日報道されはじめたウクライナ関係の映像に取材した作が多くあった。第四首、原発事故が尾をひく福島の畑仕事。

## 【高野公彦選】　四月三日

ひなまつり、被爆惨禍のウクライナ　続けて映すテレビニュースは
（沖縄県）和田靜子

最高の権力をもつプーチンよ持たぬは敬天愛人の心
（西之表市）島田紘一

少年の目から涙がこぼれ落ち「パパをキエフに残して来たんだ」
（東京都）堀江昌代

地下鉄が唯一安全なる場所とキエフ市民の声悲痛なり
（鎌倉市）石川洋一

大鵬の父の祖国よウクライナ大横綱の色紙ただ「忍」
（東京都）佐藤幹夫

☆手始めに線量測る畑仕事十二年目の福島の春
（須賀川市）近内志津子

指先の走り出したるキーボード歩数稼げぬリモートワーク
（横浜市）山田知明

走るカズボール蹴るカズいびきかく父と一歳違いだなんて
（富山市）松田わこ

この子一歳寝かされまいと我を蹴る脚の太さの頼もしきかな
（鎌ケ谷市）大山沙央理

☆体いくかんで六年生をおくる会し会はうちのお姉ちゃんです
（奈良市）山添聡介

評　一首目、二つの映像の巨大な落差。二首目、西郷隆盛の愛した言葉は「天を敬い、人を愛す」だったが、プーチンは？　三首目、残ったパパを心配して泣く少年。四首目、やや安全な場所といえば地下鉄構内しかないという恐怖。

## 【馬場あき子選】　四月十日

モノーラルの古きジャズの音あぢはへば遠き岸辺で安らふごとし
（東京都）斑山　羊

プーちんが考え直しますようにと絵馬にあり偕楽園の梅は盛りに
（東京都）吉見雅和

マスクのまま立ち話して卒業の子ら去りがたき春のゆふぐれ
（仙台市）沼沢　修

☆胸を衝く戦禍伝える記事の中チューリップ買う市民の姿
（東京都）水原由美

二歳なる吾は防空壕に泣いたとふキエフの地下に子らが凍てをり
（日立市）加藤　宙

憂いつつ祈るごとくに歌い上ぐ原発被災者ナターシャ・グジーは
（千葉市）愛川弘文

潮目消えて尻屋岬の定置網三代の名も空しくなりぬ
（八戸市）黄綿渓湖

背伸びして人捜しいる白い犬避難映像の群衆の中
（水戸市）中原千絵子

戦争がテレビ画面にあらはれて窓の外には満開の梅
（越谷市）畠山水月

☆何も無いこの一日が大切な日々であるのを知るウクライナ
（筑紫野市）二宮正博

評　第一首はモノーラルで収録したジャズの音にあえて古きよきジャズ時代を味わう。下句にその抒情感がある。第二首はたまたま見かけた絵馬の言葉に切なる願いがあり、対置した下句もよかった。第三首はいかにもうら若い春景。

## 【佐佐木幸綱選】　四月十日

ウクライナを遠くて温（ぬく）い部屋にいて詠んでいいのかという思いは　ある　（長崎市）里中和子

☆胸を衝く戦禍伝える記事の中チューリップ買う市民の姿　（東京都）水原由美

「イマジン」が戦禍の街で歌われる人の上には空が広がる　（出雲市）塩田直也

天国の母さんお願い抱いてあげて一人で行ったマリウポリの子を　（佐渡市）藍原秋子

爆撃に怪我した妊婦を兵士らが運ぶ二人の命を運ぶ　（観音寺市）篠原俊則

子等巣立たせ義父母見送り夫逝（つまゆ）かせ嫁ぎし家に一人残れる　（高松市）髙﨑英子

同窓会に六十歳をつかまえて「みきやちゃん」などともっと呼んでくれ　（和泉市）長尾幹也

結婚をしない未来もある吾子とゆっくり仕舞いゆくひな飾り　（和泉市）星田美紀

仕事みな中止となりてケータイを忘れて出ても困らない日々　（東村山市）五十井梧楼

施設に入る妻の下着に名を記す三十三年目の別住まい　（川崎市）佐藤隆三

評　第一～第五首、ロシアのウクライナ侵攻にかかわる歌が多かった中の五首。報道を歌にする難しさ。第六首、いろいろあった人生を総括する一首のすごさ。第七首、難病に苦しむ作者の同窓会参加者への思いが身にしみる。

## 【高野公彦選】　四月十日

壁の無きキエフのアパート部屋ごとに暮らしがあった命があった
（観音寺市）篠原俊則

ポーランドはナチスの非情知る故に避難民らに優しくなれる
（船橋市）佐々木美彌子

シェルターにレゴの小銃組み立てて戦う真似するウクライナの子
（所沢市）渡部清枝

ウクライナとロシアの選手数多（あまた）ならむ数年のちのパラリンピック
（関市）武藤　修

砲撃も地雷もありの避難路を人道回廊と呼びており
（中津市）瀬口美子

英雄も長きに亘り権力を持てばアンテナ錆びつくらしい
（横浜市）臼井慶子

プーチンに何を学ぶか見つめ居る習近平の今後が不安
（福山市）梅本武義

蛤のお吸い物まで原産地ミャンマーとある食の現実
（川崎市）小島　敦

花の名のしりとりをして子と眠る花の気配を浮かべた夜に
（奈良市）山添聖子

「おじいちゃん」の昭和の羨（とも）し「ねえジイジ」親しみあれど呼び捨ての感
（羽村市）川元源一

評　一首目は、砲撃で壁が吹っ飛んだキエフ（キーウ）のアパート。部屋ごとにあった暮らしが消え、命が消えた。二首目、避難民を最も多く受け入れている国がポーランド。三首目、レゴはプラスティックの組み立てブロック。

## 【永田和宏選】　四月十日

思い出す他国をせめて祝った国祝賀提灯八十年前
（西宮市）中村満子

美しき名キエフオデッサマリウポリ覚えてしまう悲しみと共に
（戸田市）大澤マサ子

侵略のニュースの解説専門家は「落としどころ」と幾度も言えり
（観音寺市）篠原俊則

☆何も無いこの一日が大切な日々であるのを知るウクライナ
（筑紫野市）二宮正博

寒かろう恐ろしかろう泣きたかろ国境めざす少年一人
（中津市）瀬口美子

戻る人戻らない人判断がまだつかぬ人これが福島
（南相馬市）佐藤隆貴

「かあちゃん」と「おかあさん」とは別の人八つでかあちゃん亡くした子には
（静岡県）小長谷千鶴子

切ないに刹那がはいっていますから死後の約束ゆびきりげんまん
（加古川市）長山理賀子

キャラメルの一個の値段と吾が時給等しくなりて懲役の初仕事
（名古屋市）西垣　進

角巻きを被って君に逢いに行った小さな駅舎の隣りのそば屋
（印西市）山本美和子

評　中村さん、かっての日本は、国民は？と、常に自らを顧みつつ他国を見ることの大切さ。大澤さん、その「美しき名」の一部がロシア語の読みであったとは。篠原さん、一方的な侵略に「落としどころ」などが存在するのかと。

## 【佐佐木幸綱選】　四月十七日

雪下のにんじん掘りが始まった畑を囲む雪は七尺
（新潟県）涌井武德

若き日に新人類と呼ばれゐし吾にも介護保険証来る
（神戸市）松本淳一

帰りたき家思ひつつ見てゐたり施設の窓に見ゆる青空
（香取市）鎌形てる

柴犬をなでたこの手を嗅ぎ回るプライバシーをチェックする猫
（横須賀市）赤澤秀子

カイツブリ潜りて浮かびまた潜る水面に映る春けぶる山
（豊橋市）熊本直弘

「しんこう」と打てば親交と出るスマホAIも侵攻は予測せざりき
（龍ケ崎市）矢嶋千尋

かけ声も出さずマスクして稽古する二メートルの薙（なぎなた）はソーシャルディスタンス
（東京都）渡辺友恵

啓蟄（けいちつ）を告げる春雷轟（とどろ）けば庭にカナヘビ姿を見せる
（広島市）坂田敏暉

こんな日も父は優しい春一番吹いた日に書く転出届
（富山市）松田わこ

朝早く学校に来てテコテコと廊下を歩く静かな世界
（武蔵野市）横山大翔

評　第一首、「雪下人参」の季節。東京に住む私などには「七尺」は驚きの数字。第二首、一九六〇年以後生まれを「新人類」と呼んだのは八〇年代半ばだった。作者の現在の感慨がよく分かる。第十首の作者は中学生。

## 【高野公彦選】　四月十七日

☆戦車行く野は花が咲くはずだった子らが遊んでいるはずだった
（福島市）美原凍子

烏克蘭（ウクライナ）紅旗（こうき）征戎（せいじゅう）吾が事の震撼の日々壬寅（じんいん）の春
（逗子市）織立敏博

爆音に怯え泣く子をウクライナ国歌であやす地下壕の母
（寝屋川市）今西富幸

リモコンのボタンひとつでお笑いと殺戮行為を見ている我ら
（山形市）山上龍子

真東に開けた窓辺で月の出を槍烏賊、地酒、われが待ち居る
（札幌市）田巻成男

奈落へと躍り落ちゆく素魚（しろうお）をまあまあまあと追う燗の酒
（宮津市）高橋智子

好きな服イコール似合う服じゃない色んな事にあてはまる式
（富山市）松田梨子

特攻の翼（つばさ）作りの少女期を返せ戻せと詠みし姉逝く
（吹田市）谷村修三

友だちと体いくかんで二じゅうとびれんしゅうしたらはじめてとべたよ
（奈良市）山添聡介

窓開けて北風ぴゅっと入りこむいつになったら換気は終わる？
（武蔵野市）宮地莉央

評　第一首、戦車隊が侵入し、いつもと余りにも違うウクライナの春。二首目は『明月記』の有名な言葉を織り込み、全体を漢語調に仕上げた作。五首目、六首目、共に楽しい酒の歌。十首目、作者は中学三年。コロナ禍はここにも。

## 【永田和宏選】　四月十七日

戦争は「始まる」ではなく「始める」であるとつくづく思う如月
（観音寺市）篠原俊則

☆戦車行く野は花が咲くはずだった子らが遊んでいるはずだった
（福島市）美原凍子

直角の九時は朝礼三時はお茶　時間が角度であった頃は
（大和郡山市）四方　護

新薬の完成とわが命終といずれ早きか春近き空
（和泉市）長尾幹也

雨粒が窓に張りつき雨粒の影があなたに張りついている
（三条市）高橋梨穂子

正解のない子育てを卒業し答え合わせをしたい春の日
（秦野市）三宅節子

ラッシュ後の電車はゆるり息を吐きタタンタタンと陽だまり揺らす
（吹田市）小林はな

まだ温き父の手をとり腕時計はずしてやりぬ検死の前に
（鹿児島市）白澤友実

氷点下堪へて流るる春の水戦車が砕く凍土悲しき
（長野県）内藤弘子

不意に来てテレビ局員ＮＯ　ＷＡＲが映り込むよう立ち位置変える
（大洲市）村上明美

評　篠原さん、戦争は誰かが「始める」ものだという厳然たる事実。それによって豊かで平和な野が踏みにじられると美原さん。四方さん、時間が角度であったことを忘れたくない。私も同族。長尾さん、同じ思いの患者は多い筈（はず）。

## 【馬場あき子選】　四月十七日

寝そべって同じ目線で庭を見て子犬の心に近づいてみる
（山口県）庄田順子

三月のフェイスシールド汗だくで向こうが見えぬ声も通らぬ
（京都市）石原祐子

俳優もサッカー選手も戦死する映画でもないゲームでもない
（茨城県）樫村好則

銃撃に腕失いし九歳の少女はピンクの義手を欲(ほ)るとぞ
（観音寺市）篠原俊則

ラーメン店「ラ」だけが残る看板をコロナの春の風が回すよ
（三重県）広瀬史子

使用済み燃料四千体残るふくしまは仰ぐウクライナの空
（福島市）青木崇郎

惨状を映す画面に中断のコマーシャル明るくて平和って何
（取手市）近藤美恵子

水神の神棚たかく灯したり漁の始めの源五郎鮒
（津市）中山道治

百足(むかで)・馬陸(やすで)・歩行虫(おさむし)・蜚蠊(ごきぶり)・蝸牛(かたつむり)・雀蜂(すずめばち)住む朽木のマンション
（蓮田市）斎藤哲哉

四月から一年生になる子からランドセルの色そっと教はる
（長野県）千葉俊彦

評　第一首はいのちいっぱい生きている子犬への愛。子犬の目線に近づこうとする心が優しい。第二首はフェイスシールドの息苦しさ。下句に詰めた言葉がそれを物語る。第三、第四、第六、第七首にウクライナ情報をもとに戦争への思いを歌う。

## 【高野公彦選】　四月二十四日

官僚の書きし作文読む日本　ゼレンスキーの魂の声
（名古屋市）福田万里子

太陽は大円となり沈みゆきウクライナの地を照らしに向かう
（神戸市）松浦知恵子

「子どもらの未来の自由を守るため」男ら言いてキエフに残る
（観音寺市）篠原俊則

馬の目も牛の目もやさし人間はさあどうでしょう続く戦争
（高岡市）梶　正明

残念な生き物王座に輝くは戦争絶えぬホモサピエンス
（川崎市）森　八重子

至言（しげん）「歴史は繰り返さずに韻を踏む」ヒトラーせしことプーチンがする
（京都市）森谷弘志

哀れなるロシア兵かな祖国ではあなたの死さえフェイク扱い
（山形市）小林英則

よたよたとデイサービスに通ふ兄ぬりゑ仕上げて生き生き帰る
（埼玉県）山田はづき

マンサクだミツマタじゃないサンシュユよいさかうそばで花は黄に咲く
（大津市）阪倉隆行

親しげにウラジーミルと言った人すり寄るだけの人だったのか
（亀岡市）俣野右内

評　一首目、確かにあの大統領の声は魂から湧いてくる感じ。二首目、沈んだ夕陽は西方のウクライナを照らしにゆく。五首目、最近「ざんねんないきもの」というシリーズ本が出ているが、ヒトはその王座に位置する、と諷刺する。

## 【永田和宏選】　四月二十四日

☆向日葵と小麦の大地に春近し銃を持つ手に種は蒔けない
（日立市）加藤　宙

ウクライナ見れば軍備は必要とこの友までが言い出すのかと
（神奈川県）神保和子

地下壕にふるえ泣いてる栗色の髪の少女はあの日の私
（八王子市）守屋栄子

☆こんな時に不謹慎だと迷彩の服着る我を戒める母
（三原市）池田桂子

キエフの街を泣き泣きひとり歩く子をカメラは前からうしろから追う
（相模原市）武井裕子

あの時も四十の母は乳吞児を背負って逃げた三月十日
（草加市）伊藤真砂子

戦場に掘られた穴に重なれり納体袋に納体袋が
（観音寺市）篠原俊則

国民が国家を動かす幸せと国家が国民動かす不幸
（柏市）加藤安博

パンのため兵士募集に応じたと出稼ぎのごと話すシリア人
（北九州市）田部久美子

CGの映像ではなく着弾の巨大な穴が市街地に空く
（出雲市）塩田直也

評　時事を、社会を詠うことだけが歌の使命ではない。日常の機微を詠いとめることは作歌の大切な意味だ。しかし、今回はすべてウクライナの歌になってしまった。私の脳がこの危機的状況に占拠されている故とお許し願いたい。

## 【馬場あき子選】　四月二十四日

流氷の欠片漂ふトーサムポロ沼腰まで浸(つ)かり浅蜊(あさり)掘りする
（札幌市）藤林正則

☆向日葵と小麦の大地に春近し銃を持つ手に種は蒔けない
（日立市）加藤　宙

『Kamikaze(カミカゼ)』と英語のニュース聞こえきぬ「空から突っ込む自爆ドローン」と
（町田市）村田知子

いつのまに墓標が一本立っている。白い山羊いた武蔵横手駅
（秩父市）畠山時子

りんご5個持たせてくれた大家さん急にさよなら告げる私に
（富山市）松田わこ

ウクライナへの防弾チョッキ積みて発つ機影の消えるまで画面見つ
（一宮市）園部洋子

ポンペイの灰に埋もれし死者たちに核戦争の未来重ねる
（東京都）野上　卓

沖縄はいまだに戦場と訴える「辺野古のおばあ」は九十二歳
（江別市）成田　強

日本語も街行く人のスピードも年々速く我を置き去る
（金沢市）前川久宜

畑から帰ると燕来てをりぬ明日は門田の土こねてやろ
（津市）中山道治

評　第一首は北海道根室の春。海から流氷のかけらが流入する沼の浅蜊漁。昔ながらの辛く苦しく、冷たい光景が「腰まで浸かり」に如実。第二首の上句はウクライナの平和だった頃への思い。下句に銃を持たない手への祈念がある。

## 【佐佐木幸綱選】　四月二十四日

三度目（みたびめ）の過ちとなる瀬戸際に晒されている大戦と核
（尾道市）森　浩希

吐（つ）いた嘘無かったように新たなる嘘をまた吐（つ）く嘘吐（つ）きの嘘
（川越市）西村健児

世界中の三角形の頂点は底辺のこと何も知らない
（綾瀬市）小室安弘

ウクライナの空と大地が震へれば地下シェルターの人ら黙せり
（小金井市）神蔵　勇

☆こんな時に不謹慎だと迷彩の服着る我を戒める母
（三原市）池田桂子

下降流起こして𩸽（ほっけ）立ち泳ぐ数万匹が餌を獲るため
（和歌山市）吉田　孝

校庭の辛夷（こぶし）が咲けりたくさんの我慢してきた六年生送る
（つくば市）山瀬佳代子

「早咲きも遅咲きもあるね」「子どもにも…」言いかけてやめる教師の花見
（東京都）上田結香

五十九で逝った母の本棚に「六十からの生き方」という本
（高松市）大友　明

春なのに級友宝田逝くと聞きゴジラの咆哮（ほうこう）悲鳴に変わる
（羽曳野市）玉田一成

評　第一〜第五首、今週もロシアのウクライナ侵攻にかかわる作が多くあった。第一首、なんとしても避けたい第三次世界大戦と三発目の原爆投下。第十首、三月十四日に死去した宝田明氏への追悼歌。「ゴジラ」が初主演だった。

## 【永田和宏選】　五月一日

悲しいのは悲しくないことこんな日に涙が出ない継母（はは）の弔い
（東京都）白竜千恵子

火柱のロシアの戦車に溜飲が下がるそこにも人がいるのに
（観音寺市）篠原俊則

昨日まで遊具のありし公園が墳墓になりて十字架の立つ
（安曇野市）武田光弘

プーチンもゼレンスキーも名を残す無名の人は死にゆくばかり
（千葉市）塚谷隆治

なまよみの甲斐の盆地に海はなく日は山に出で山に沈める
（笛吹市）荻原忠敬

わたしだけ歳を重ねてあの世とう待ち合わせ場所に行くってことだね
（松阪市）こやまはつみ

☆新しいスーツパンプス定期入れ通学が通勤になる春
（富山市）松田梨子

口元に付きし飯つぶ取り合へば蜜月のごと老老介護も
（西尾市）丸山富久治

どの旅も二人で行ったはずだけど写真はほとんど私と景色
（高松市）髙﨑英子

☆体いくかんでしゅうりょうしきをしていたら外からものほしざおを売る声
（奈良市）山添聡介

評　白竜さん、継母が死んで涙が出ないことを悲しむ作者。涙以上の悲しみがこの歌にはある。篠原さん、「見る」側の安易な心理を鋭く衝いた一首。一方的にロシア軍、その兵士らを悪と決めつけてはその本質は見えてこない。

**【馬場あき子選】　五月一日**

戦争をしない生きもの春の野に雲雀と燕がこぼすさえずり
（観音寺市）篠原俊則

絨毯に春の光の射し来ればトルコの駱駝微かに歩む
（五所川原市）戸沢大二郎

がん治療やり尽くしたるその果てに余命一年告げられてゐる
（本庄市）福島光良

美濃国に耶蘇のをしへを伝へたる修道院の壁は真白し
（多治見市）野田孝夫

今逝きし父清めれば両肩に天秤棒の胼胝もりあがる
（匝瑳市）椎名昭雄

ウクライナ攻撃止まずわが郷は罪の如くに春の深まる
（亀岡市）俣野右内

☆新しいスーツパンプス定期入れ通学が通勤になる春
（富山市）松田梨子

☆体いくかんでしゅうりょうしきをしていたら外からものほしざおを売る声
（奈良市）山添聡介

まるっこい河原の石のように母居間にいて今日はわたしを産んだ日
（仙台市）小室寿子

春のきた十五の肩を抱きやれば老いぼれの背に温き手のひら
（広島県府中市）住田久美子

評　日々ウクライナの情報が伝えられる。第一首の「戦争をしない生きもの」はそれに触発されてのものか。下句に生の活力がみなぎる。第二首はトルコ絨毯にさす春光。下句の駱駝の織り柄に添えた「微かに歩む」に独特の気分がある。

## 【佐佐木幸綱選】　五月一日

戦争で町が廃墟と化しゆくを進行形で見てる驚き
（大洲市）村上明美

動物がおびえていると園長は戦火の中に留まるという
（前橋市）荻原葉月

日本にも海越え派兵した歴史「侵攻」という言葉の重み
（郡山市）柴﨑　茂

ウクライナの短歌を読みたく日曜のあした朝日を買いに走るも
（東広島市）大成健次

ジャベリンやスティンガーなど昨年の春には知らざりし武器を覚える
（昭島市）西山美津江

自画像のゴッホと並んで写真とるひげの長さをくらべるため
（東京都）小川哲平

雨の朝小さき傘は園庭をゆらゆら進み今日より園児
（大和高田市）石塚智恵子

通勤路外れてどこへでも行ける無職となりし平日の空
（福山市）倉田ひろみ

春の雨あがって今朝は卒園式白いマスクの一人ひとりの
（千葉市）杢原美穂

☆体いくかんでしゅうりょうしきをしていたら外からものほしざおを売る声
（奈良市）山添聡介

評　第一～第五首、今週もウクライナの歌が多く寄せられた。進行形の戦争の報道をどう短歌にするか。歌人たちの短歌ももちろん問われているし、第四首にあるように、この点に関する新聞歌壇の選者の責任も重いのだと思う。

## 【高野公彦選】　五月一日

攻められて焦土広がるウクライナいま人びとはムンクの「叫び」
（横須賀市）矢田紀子

百四十三個のテディベア並ぶロシアの奪いし子どもらの数
（観音寺市）篠原俊則

美しき草色萌ゆるライ麦はいつか黄金の波になりゆけ
（国分寺市）小山佐和子

再上映「ひまわり」見つつウクライナの別れあまたを暗がりに泣く
（我孫子市）松村幸一

高遠（たかとお）の観桜のへリ飛ぶ空は爆音止まぬ国に続きおり
（伊那市）島村玲子

☆新しいスーツパンプス定期入れ通学が通勤になる春
（富山市）松田梨子

陸上部だった私の細胞はもうない　風の記憶だけある
（奈良市）山添聖子

残雪が消えれば雪明りも消えて津軽平野の深き暗闇
（五所川原市）戸沢大二郎

おじいちゃん電話してるの　あの声はひとり言ではないよダイジョブ
（東京都）伊藤直司

☆体いくかんでしゅうりょうしきをしていたら外からものほしざおを売る声
（奈良市）山添聡介

評　一首目、かの国の空にもムンクの「叫び」が湧いているかも。二首目、死んだ子どもの数だけ置かれたテディベア。三首目、戦争が終わって農作物が順調に育ち、豊かに稔（みの）ることを願う歌。各句の頭に「う・く・ら・い・な」を置いた折句。

## 【馬場あき子選】　五月八日

砲弾にかわり鳥らがとぶ空を大きく描くウクライナの子
（西宮市）澤瀉和子

焼け焦げた軍用車両を縫い歩む老女の髪に四月の氷雨
（堺市）芝田義勝

☆戦争は人を殺すと徴兵を拒否したモハメド・アリを思う日
（石川県）瀧上裕幸

☆南京で何もなかったと言うようにロシアはブチャをフェイクだと言う
（光市）松本　進

「ブチャ虐殺」市民の遺体にまで地雷仕掛けしはプーチンの軍隊
（京都市）森谷弘志

五〇円を恥じらいながら義援金まだ見ぬウクライナへ囚徒の列は続く
（名古屋市）西垣　進

空爆の瓦礫の道のぬいぐるみ撫でたであろう幼い両手
（出雲市）塩田直也

乗る電車いっぽん遅らせ聴きゐたり駅中ピアノのショパンの終章
（長野県）沓掛喜久男

コンビニのネパールから来たズマちゃんに「ナマステ」と声かけ新聞を買う
（東京都）松本秀男

花冷えの頃は小口の背広地をほそぼそ織りき夫婦機（めおとばた）にて
（一宮市）園部洋子

評　ウクライナの子供たちが描いた絵を見た。広い空に夢の明るさがあり、砲火のかわりに鳥が楽しそうに飛んでいる。第一首、言葉以上に心に沁（し）みる絵だ。第二首以下にはさまざまなウクライナの状況への反応があり切実な思いだ。

## 【佐佐木幸綱選】　五月八日

若き日に訪ねしキエフいまいづこキーウの映像追慕拒みて
（西東京市）森岡修一

陥落でなく奪還のニュース聞く呼び名がキーウに変わりし都
（西条市）丹　佳子

同胞（はらから）を弔ふ人を狙ひしや遺体に地雷仕掛けし悪魔
（東京都）佐藤幹夫

☆戦争は人を殺すと徴兵を拒否したモハメド・アリを思う日
（石川県）瀧上裕幸

火に惑ひシラスウナギは掬（すく）はるる三千キロの海辿（たど）り来て
（横浜市）我妻幸男

五十年山の保育所で働いた古いピアノがわが家に来ます
（佐渡市）藍原秋子

娘（こ）も孫も見ずに終りぬ卯月四日月遅れびな一人仕舞いぬ
（埼玉県）広瀬　芳

もうマスク疲れたねって年配の教師が不意に言う始業式
（湖西市）佐藤きみ子

青空に赤い広告ちりばめて飛行船ゆく轟音つれて
（枚方市）細美哲雄

実習生増えるふるさと初めての夜間中学開校をせり
（観音寺市）篠原俊則

評　第一首、昔たずねたのはキエフ。現在、映像で見るキーウはまったく過去とつながらない。第二首、正反対を意味する陥落と奪還。第四首、モハメド・アリはベトナム戦争に反対し、徴兵拒否をしたヘビー級ボクサー。

## 【高野公彦選】 五月八日

有事には標的となる原発をゆつくり隠しゆく海霞
（村上市）鈴木正芳

青ガウンN95にゴーグルを纏(まと)い働く我らに幸あれ
（東京都）金　美里

暖房の無き地下壕に新生児抱きて暖め続けし看護師
（観音寺市）篠原俊則

☆南京で何もなかったと言うようにロシアはブチャをフェイクだと言う
（光市）松本　進

虐殺と破壊の記事の新聞を桃源郷の里に届ける
（甲州市）麻生　孝

魔法なんてないし奇跡も起こらないでも運命はちょっと信じる
（富山市）松田わこ

白無垢の吾を抱きしめし父のごと吾が抱きしめる白き箱の父
（多治見市）早川柚香

春休み占いチョコは「テスト×」「れんあい△」「みらい◎」
（奈良市）山添　葵

旧字体の旧の字（舊）の部首草冠　その元の字（艸）のかたちスギナは
（岡崎市）兼松正直

むらさきのクリスマスローズのしずくむらさき色に光っているよ
（奈良市）山添聡介

評　一首目、物静かに詠みつつ、怖い歌だ。新潟県には柏崎刈羽原発がある。二首目、青いガウンとN95（高性能マスク）とゴーグルを装着して働く。医療現場の業務の厳しさを伝える歌だが、作者は仕事に誇りを持っているようだ。

## 【永田和宏選】　五月八日

闘うも妻子をつれて逃げるのも生きる道なれ哀しウクライナ
（江別市）海老澤　基

ハリコフの市民であらばわれはいかに振舞い得るか考えてみた
（東京都）野上　卓

カチューシャも黒い瞳もトロイカもあくがれ遠き歌声喫茶
（東京都）清水由美子

数秒にいのちをかけてあざやかにマリーナ・オフシャンニコワの反戦
（新潟市）太田千鶴子

「ひどいことしやがる」父は戦争を知る者が持つ声でつぶやく
（和泉市）星田美紀

戦争もコロナも地震もコメントするタレント族の不可思議テレビ
（横浜市）森　秀人

日本語を学ぶと避難民たちはまず片仮名で名前を書けり
（札幌市）住吉和歌子

紫烟草舎（しえんそうしゃ）雨戸ぴたりと閉ざされて桜ふぶきに春深みゆく
（我孫子市）松村幸一

雪降れば津軽鉄道に乗るつもり五〇〇円増しストーブ列車
（つくば市）小林浦波

だんだんと冷たくなるよ君のほほ眠っているだけと思いたいのに
（津山市）岩野しのぶ

評　海老澤さん、命のかかる危機の中では個々の選択が迫られるが、どんな択（えら）びも非難されるべきではない。それを野上さんのように自分ならばと考えることが大切。清水さん、懐かしい歌声喫茶の思い出が踏みにじられるようだと。

## 【佐佐木幸綱選】　五月十五日

☆モザイクは市民の遺体　後ろ手に縛られている手だけが見える
（川崎市）川上美須紀

その靴とズボンで夫を見分けたと妻が戦争の惨さを語る
（観音寺市）篠原俊則

赴任地は菜の花菜の花橋渡り菜の花菜の花社屋が見えた
（日田市）石井かおり

獣除け柵に囲まれ囚われの身のごと春の田起こし始む
（南丹市）中川文和

竹の子と子狐つきの竹藪を言値のままにまつさきに買ふ
（津市）中山道治

脳内に「ロッキーのテーマ」を流しつつ洗濯そうじ皿洗いする
（松阪市）こやまはつみ

☆せせらぎに春の光は砕けつつ鮭の稚魚らは海に出るころ
（山形県）南岡二郎

手を上げて横断歩道を渡り行くかるがもみたいな新一年生
（山梨県）笠井一郎

木洩日の影のひとつが蝶となる眠たき午後の授業の窓辺
（神戸市）池田雅一

「いかなごのくぎ煮」何度も唱えればきれいな鼻濁音が身につく
（吹田市）中村玲子

評　第一、第二首、映像と証言で知るウクライナの惨状。第三首、新しい赴任地へはじめて向かったときの風景。一生忘れないだろう。第四首、自分の家の田圃なのに、めぐりをすっかり柵で囲われたなかでの田起こしの作業。

## 【高野公彦選】　五月十五日

オリガルヒの息子がドバイで享受する豪華ヨットと高級キャビアを
（小金井市）神蔵　勇

「かき氷始めました」に少し似た「思春期に入りました」の背中
（奈良市）山添聖子

入口は教科書だった『こころ』から開いていった読書の扉
（中津市）瀬口美子

☆殺人の兵器を区別して報ず人道的と非人道的に
（江別市）成田　強

☆モザイクは市民の遺体　後ろ手に縛られている手だけが見える
（川崎市）川上美須紀

プーチンのキライなものでこの世界埋めつくしたい愛・平和・笑顔
（河内長野市）平岡章子

帰省せしドイツの孫と将棋指し負けどき考へしばし戦ふ
（長野県）沓掛喜久男

亜海(あみ)、拓海(たくみ)、海凜(かりん)、海成(かいせい)、海斗(かいと)、海音(みね)　被災地の子の名に海の字多し
（気仙沼市）及川睦美

「グーがパーになったよ」君の言葉から僕にはわかる若葉が出たこと
（綾瀬市）小室安弘

古希前に2度目の職場卒業す独居老人これから青春
（高槻市）井上晶三

評　一首目、ロシアにはオリガルヒ（新興財閥）が幾つかあってプーチン政権を支えているらしいが、実態はまだ不明という。二首目、成長する子を見守る母。比喩が独創的で面白い。三首目、教科書に文学作品を載せて、の願い。

## 【永田和宏選】　五月十五日

☆殺人の兵器を区別して報ず人道的と非人道的に
（江別市）成田　強

「遺棄死体数百といひ数千といふ」ああ何も変わってい
ない
（水戸市）中原千絵子

この夜更けウクライナはまだ日没前爆撃のまだ終わらぬ
時間
（五所川原市）戸沢大二郎

埋められた遺体をあまた掘りおこし身元確かむキーウの
人ら
（山形市）黒沼　智

天窓を開けて余熱を逃がしやる麴(こうじ)噎(む)せくる夜明の室(むろ)に
（那須烏山市）須藤ヤス

ユーちゃんを貸してあげるとひっそりと入院準備のかた
えに少女
（アメリカ）ソーラー泰子

風にひら花びらひらとひろがれりひとたび地にふれまた
風にひら
（福津市）岩永芳人

生意気な六年生が神妙な一年生に脱皮する春
（神戸市）平田まり

三階の六年生の教室のまどは空しか見えない四月
（奈良市）山添　葵

捨てられず何でもかんでもとっておく夫に私もとってお
かれる
（秦野市）三宅節子

評　成田さん、戦争の兵器に人道的な兵器などあるものかと。中原さん、土岐善麿の歌の上句を踏まえる。下句は「いのちをふたつもちしものなし」と続く。戸沢さん、ウクライナの人々の悲劇を共有、共感するにはどうすればいいか。

## 【馬場あき子選】　五月十五日

かつての日アウシュヴィッツを解放し手を延べたるはソ連兵なり
（長野県）千葉俊彦

加藤登紀子のロシアの抒情聴く夕べ民は平和を愛するものを
（仙台市）沼沢　修

無防備のキャベツ一枚ずつ剝がす守るべきもの何かと問ひつつ
（富士市）村松敦視

砲弾に負傷せし人々を乗せ医療列車は国境目ざす
（寝屋川市）今西富幸

殺戮（さつりく）をスーツで語る専門家ただ淡々とただ淡々と
（飯塚市）那須富義

身寄り無き母を残して前線に送り出されるロシアの若者
（北名古屋市）月城龍二

集団殺害（ジェノサイド）の捜査始まる日も冷たいブチャ掘り起こさるる動かぬ証拠
（京都市）森谷弘志

☆せせらぎに春の光は砕けつつ鮭の稚魚らは海に出るころ
（山形県）南岡一郎

北上のツマグロヒョウモン増やさんと畑に残すタチツボスミレ
（蓮田市）斎藤哲哉

夫と入るフラワーパーク真っ盛り小人は無料大二百円
（戸田市）蜂巣厚子

評　今週もウクライナ情報に反応した歌が多くあった。歴史的な見直しや、今日の日常感から止（や）みがたい思いをうたわずにはいられなかった歌。アウシュヴィッツを解放したソ連兵とジェノサイドの疑惑は戦争のなせる両面なのだ。

## 【高野公彦選】　五月二十二日

ももたろうは犬にも逢はず終演す子の寝るまでの「むかーしむかし」　（水戸市）加藤慶子

☆ウクライナが気になりますと語りたり洋上の堀江謙一さんが　（上尾市）鈴木道明

天敵の居らぬ人類自らで数を減らせと言ふのか神は　（村上市）鈴木正芳

犬の目はただ真っ直ぐで人であることが時々罪に思える　（観音寺市）篠原俊則

携帯に子犬の写真増えたけれど待受け画面は亡き犬のまま　（山口県）庄田順子

いつよりか人は屋内（やぬち）に犬を飼う流行（はやり）はじめはルノワールのころ　（東京都）松本知子

さがりばなひと夜を咲き散り花筏（はないかだ）やんばるの森縫ひて流るる　（沖縄県）和田静子

上空にさへづつてゐる雲雀消えゆつたり滑るグライダー見ゆ　（熊谷市）内野　修

病みてなお親身になりて相談に応じる妻は民生委員　（潮来市）根本健助

弟とママと作ったお昼ご飯あすかルビーのフルーツサンド　（奈良市）山添　葵

評　一首目、昔話を聞かせ始めたら直（す）ぐ寝入ってしまう幼子の可愛さを詠む。二首目、太平洋をヨットで航海中の堀江さんもウクライナが心配なのだ。十首目、あすかルビー（奈良で育成された苺（いちご））入りのサンドが美味（おい）しそう。

## 【永田和宏選】　五月二十二日

核のあるこの世に生まれ核のあるままのこの世を去らねばならぬ
（観音寺市）篠原俊則

あの戦争止められなかったその理由いまうっすらと分かり始める
（東京都）趙　栄順

戦場で感染症で使われて遺体収納袋の無機質
（新潟市）太田千鶴子

自転車でいつもの角を曲ったら彼は撃たれて理由（わけ）しらず死す
（諫早市）藤山増昭

戦争の話する人しない人もう福島は遠くなったか
（南相馬市）佐藤隆貴

「家に帰る」が口癖だった父　陽の差す窓辺で写真が微笑（ほほえ）む
（横浜市）清田智子

ふと思う既婚未婚に拘わらず待ち受けてます後期高齢
（岡山市）曽根ゆうこ

さがしてもさがしてもみつからぬ眼鏡のようなさびしさがくる
（瀬戸内市）児山たつ子

這う蟻の後を指にて追い廻す独房の一日（ひとひ）はただただ過ぎぬ
（名古屋市）西垣　進

落合の東長谷寺薬王院花の盛りの花に遇ひたり
（東京都）荒井　整

評　篠原さん、言われるまでもない事実だが、当たり前のことが改めて指摘されてインパクトを持つ好例。趙さん、今のロシアを見て、かつての日本を思う。六首目清田さん、あんなに帰りたかったのにと写真を見るたび悲しい。

## 【馬場あき子選】　五月二十二日

山羊(やぎ)乳で断乳したとふ弟は優しく育ち山寺を継ぐ
（戸田市）蜂巣厚子

帰宅してスーツにシトラススプレーをかけておやすみスーツもわれも
（富山市）松田梨子

どこまでも愛らしき瞳出でてくるマトリョーシカ春、淋しきロシア
（三重県）尾崎淳子

芋床(いもどこ)を均らしし父の手錆色で鍬のごとくに吾を掻き撫でき
（朝霞市）青垣　進

「プーチンが戦場に行けば終るのに」声欄にひびく十三歳の声
（稲城市）坂井暁子

国護るためと持たされた銃重かった昭和二十年五月のわれは
（大阪市）由良英俊

原発を撃つ国廃炉に悩む国それでも増設するという国
（福島市）青木崇郎

平時なら知ることもなきままの都市指にて辿るウクライナ地図
（舞鶴市）吉富憲治

断捨離を父母の心に詫びている胸のいたみは消えることなく
（岡山県）佐藤建子

夏初め白神の森噪立(さわだ)ちぬ根明けの橅(ぶな)に熊の爪痕
（取手市）武村岳男

評　山羊の乳が乳離れに用いられた第一首。幼児の好む飲み物ではないかもしれないが、「優しく育ち」に救われる。第二首のシトラスの香りがいかにもうら若い。第三首はマトリョーシカの愛らしい重なりにロシアの現状をかなしむ。

## 【佐佐木幸綱選】　五月二十二日

悲しきはうららな春の新聞の歌壇につらなる戦争のうた
（安中市）鬼形輝雄

☆ウクライナが気になりますと語りたり洋上の堀江謙一さんが
（上尾市）鈴木道明

廃虚なるキーウの瓦礫の片隅にブランコゆれてぬいぐるみあり
（行方市）額賀　旭

誰が誰を殺したのかが分からないそして問わないそれが戦争
（大和郡山市）四方　護

金婚の旅の句 羨(うらや)まし吾(あ)と亡妻(つま)は二十八年駆け抜けしのみ
（仙台市）二瓶　真

草原を少女の駆ける絵のありて診察室に春の風立つ
（横浜市）滝　妙子

「近頃は狸が増えて困っている」と真面目に記す村の議事録
（五所川原市）戸沢大二郎

夕暮に赤芽の黐(もち)の生垣を黄金の色のキョンの跳ね行く
（町田市）髙梨守道

にげだした山羊たちの食むチューリップさしだすレタスに見むきもせずに
（さいたま市）松田典子

陽だまりに猫の数匹おのおののご贔屓(ひいき)よりの餌を待ちいる
（堺市）平井明美

評　第一首、春の歌がならぶはずの季節の新聞歌壇に毎週つらなるように並ぶロシアのウクライナ侵攻の歌。まさに「悲しきは」である。第二首、ヨットで太平洋航行中の堀江謙一氏は、六月の日本帰国をめざしているという。

## 【永田和宏選】 五月二十九日

☆軍隊は軍隊をしか守らない交戦国のどちら側でも
（東京都）十亀弘史

戦争で兵の生死は数値だけ戦死になるか戦果になるか
（筑紫野市）二宮正博

顔も無く名も無くきょうの数となるコロナ禍の死者ウクライナの死者
（所沢市）風谷　螢

☆富士見市とふじみ野市とが隣り合ひ遥かに霞む富士を分け合ふ
（ふじみ野市）谷口俊彦

☆声の出る病状のうちに「ありがとう」をたくさん言っておいてよかった
（和泉市）長尾幹也

もう誰にも抱かれることのない体シャワーの水が鎖骨にたまる
（狭山市）石田晶子

「女性誌」と「男性誌」の棚は仕切られてその奥の棚に「婦人誌」もあり
（町田市）村田知子

すぐ泣いてくよくよドキンそうだった恋ってめんどくさいんだった
（広島市）大堂洋子

「撮影時のみマスクをはずしました」いちいち断り雑誌もつまらん
（東京都）上田結香

☆休み時間漢字ドリルを丸くしたほう遠きようでサッカーを見る
（奈良市）山添聡介

評　冒頭三首、いずれも戦争というものの非情、その本質を見透（みとお）した秀歌。谷口さん、地名命名の妙。下句の淡々とした口調がいい。長尾さん、辛い歌だが話す言葉も歌としての言葉も、今のうちにどんどん紡いでおいて欲しい。

## 【馬場あき子選】　五月二十九日

はなっから話し合う気は無いみたいプーチンの卓あのディスタンス　（岡山市）曽根ゆうこ

追放の大使館員ら発ちて行く一人一人に罪は無けれど　（一宮市）園部洋子

ハエ一匹通さぬやうに封鎖せよと地下には母子あまた集（つど）ふを　（小松市）沢野唯志

☆デパートの北海道展父に買う帆立（ほたて）弁当初給料日　（富山市）松田梨子

うなぎ屋を出てふと見ればひつそりとうなぎ塚あり木陰のなかに　（多治見市）野田孝夫

ロシアとの漁業協定成りし夕銀鮭ふた切れこんがり焼ける　（久慈市）三船武子

生キャベツ一口（ひとくち）噛（か）みて故郷のあれこれを想ふ独房の夕餉　（名古屋市）西垣　進

ゴールデンウィーク中にても休みなき下腹を圧すがんの存在　（静岡市）篠原三郎

朝日歌壇に反戦詠みし女性たち皆「子」が付く名戦争を知る子　（春日部市）酒井紀久子

むずかしいもんだいみるとしゅわしゅわとあたまの中にあせがでてくる　（東京都府中市）中安桐也

評　第一首はプーチン氏の会談時の長テーブル。フランスのマクロン氏や国連事務総長との場面が目に浮かぶ。第二首の映像には同感。第三首の指令の苛酷（かこく）さに驚く。この憎しみに正義はあるのか。第四首は初給料の優しさ。

## 【佐佐木幸綱選】　五月二十九日

黙食は孤食でもある前を向き風の音聴く昼の教室
（西条市）村上敏之

マスクずらし珈琲を一口飲む時に互いの顔をまじまじと見る
（東京都）鹿野文子

☆富士見市とふじみ野市とが隣り合ひ遥かに霞む富士を分け合ふ
（ふじみ野市）谷口俊彦

☆声の出る病状のうちに「ありがとう」をたくさん言っておいてよかった
（和泉市）長尾幹也

瀬戸内の小島に生まれた幸せよみかんの花はふるさとの花
（所沢市）南條憲二

学校で作ったラジオを聞きながら親子で歌う「壊れかけのRadio」
（三鷹市）小熊佳奈子

山積みのニュージーランドの玉ネギを遠くにきたねとそっと手に取る
（東久留米市）篠原晴代

「高齢者、地方在住、低所得」プーチン支持層喘えぬ私
（中津市）瀬口美子

☆軍隊は軍隊をしか守らない交戦国のどちら側でも
（東京都）十亀弘史

荒廃の街に天指す教会の十字架かなし戦車横切る
（春日井市）吉田恵津子

評　第一首、学校の給食だろう。全員が黙々と風の音を聞きながら食べる悲しくなるような教室風景。第二首、マスク姿が日常になって三年目の友人間の不思議な空気。第三首、埼玉県内で隣り合う富士見市とふじみ野市。

## 【高野公彦選】　五月二十九日

☆デパートの北海道展父に買う帆立弁当初給料日
（富山市）松田梨子

鳥海山の種まき爺さんつや姫のすくすく伸びる苗を見守る
（酒田市）三笠喜美夫

ゼレンスキー大統領がネクタイを締める日の来（こ）よ　良きことのあれ
（鳥取県）表　いさお

地下鉄のエスカレーターくだりつつ深さ確かむシェルターとして
（名古屋市）植田和子

青と黄に塗り替えられた琴電が讃岐平野の麦畑行く
（高松市）伊藤実優

パーキンソンに悩むプーチンか振顫（しんせん）をかくさむとして机をつかむ
（西之表市）島田紘一

☆富士見市とふじみ野市とが隣り合ひ遥かに霞む富士を分け合ふ
（ふじみ野市）谷口俊彦

通販で一回買えばカタログがミサイルのごと我が家を襲う
（宮崎市）太田博之

のの字からふふふとほぐれ羊歯（しだ）の葉は肋骨のようなみどりをひらく
（久慈市）三船武子

☆休み時間漢字ドリルを丸くしたぼう遠きょうでサッカーを見る
（奈良市）山添聡介

評　一首目、帆立弁当はきっと父の好物の一つなのだろう。二首目、種まき爺さん（残雪の模様）がつや姫（稲の品種）の苗を見守る、とても平和な風景。三首目の「良きこと」とは、例えば停戦の日が来ること、などであろう。

## 【馬場あき子選】　六月五日

その人は瓦礫（がれき）の中のピアノを撫でショパンを弾いて母国を去れり
（東京都）八巻陽子

食料の配布に並ぶ長い列キーウではない池袋です
（高松市）島田章平

利根川が蛇口捻れば流れ出るアルプスの雪どけの冷たさ
（前橋市）西村　晃

いちどだに征くことのなき兵事係を羨みて父はあの夜再征す
（東根市）庄司天明

母遺す蔵書を詰めしダンボール積上げしまま吾は八十路に
（岐阜市）後藤　進

独房で食器を洗う音哀しい故郷の母は吾がために炊事
（名古屋市）西垣　進

「人間は本質的には善である」アンネの言葉信じたき今
（鎌倉市）石川洋一

病とて短歌ばかりは奪えまじ飛行機雲の白のまばゆし
（和泉市）長尾幹也

五合の飯わっぱにつめひょうひょうと獣道行く五月の山師
（安中市）鬼形輝雄

綾取りの赤き毛糸を結びやる機結（はた）びをまだ覚えいる指
（一宮市）園部洋子

**評**　第一首はニュースにもあったが、ウクライナの女性の姿。瓦礫となった自宅への別れの思いだ。第二首の池袋は生活困窮者への物資配布である。これもまた今日的状況の中の身近な「戦争」である。第三首の清冽（せいれつ）な水、すばらしい。

## 【佐佐木幸綱選】 六月五日

河川敷、空き地、公園いつからか集いて泳ぐ鯉のぼりかな　（中津市）瀬口美子

鯉のぼり影映す田にゆっくりと田植え機進む平和なる里　（行方市）鈴木節子

ウクライナ国旗の入ったベスト着て爆発物探知が公務の小犬　（石川県）瀧上裕幸

☆戦争は話題にならず静かなる事務所に響くコピー機の音　（北名古屋市）月城龍二

飛んでいる虫との交点探しつつつばめは沼面のすれすれを飛ぶ　（館林市）阿部芳夫

名物はわいやわいやと指さしてビリケンさんに似た父が言う　（大阪市）石田貴澄

まっすぐに行けば濃く立つ虹の根にさわれそうなり春の虹の根　（我孫子市）松村幸一

雨上がり猪の食い残したる筍を掘る蛭（ひる）に気づかい　（下呂市）河尻伸子

固まつた人差し指で看護師の手相占ふ母九十七　（千葉市）杢原美穂

みちのくの野宿の旅が由来だと聞けば「露伴」の号は美し　（横浜市）我妻幸男

評　第一首、都会では個人の家でたてる鯉のぼりはあまり見られなくなった。「集いて泳ぐ」が楽しい。第二首、「平和」という語がことさら重くひびく昨今である。第三首、ウクライナの爆発物探知犬は表彰されたらしい。

## 【高野公彦選】　六月五日

飲み終えし散薬の紙で鶴を折り丹頂鶴が何羽も出来る
（越谷市）堀内きくみ

ジョギングをけさはやめるか迷いつつ決定権がわれにある倖(さち)
（西条市）村上敏之

羊腸の老幹置いて今年また棚じゅうの藤散り終わりけり
（我孫子市）松村幸一

羽山とふ山ふところに隠るるがごと屋根のあり生きる人あり
（福島市）美原凍子

たんぽぽの綿毛で練習しなくてもろうそくは消ゆ子は十二歳
（奈良市）山添聖子

爆音のとどろく街のアカペラの女性兵士の清き歌声
（観音寺市）篠原俊則

駒込の駅の躑躅(つつじ)を見るために反対回りに乗る山手線
（千葉市）高橋好美

お互いの素顔を知らず三年目の初夏を迎えるラジオ体操
（三郷市）木村義煕

都会にて玉ねぎの高値嘆く娘(こ)に極早生(ごくわせ)十個取りあえず送る
（南丹市）中川文和

照れながら母にわたした手作りの花束の色オリジナルカラー
（大阪市）三星茉央

評　一首目、薬の世話になる寂しさを言わず、折紙の楽しさだけを歌う。二首目、「戦争をする、しない、の決定権がないロシア兵とウクライナ兵が戦う」のを密(ひそ)かに悲しんでいるのかも。三首目、「羊腸」は「くねくね」とも読める。

## 【永田和宏選】　六月五日

返本の荷造りしてる本屋なり本が紙にて刷られるうちは
（長野県）沓掛喜久男

ウクライナ明日はわが身と台湾の元ゼミ生のメールにありし
（静岡市）安藤勝志

☆戦争は話題にならず静かなる事務所に響くコピー機の音
（北名古屋市）月城龍二

戦勝にパレードする国と戦死者に花を手向ける国の戦い
（柏市）菅谷　修

これとても我れの分身これまでの「給与明細」書棚に並ぶ
（松戸市）大貫真由美

駅弁を君はあれこれ選んでたあれが最後の旅になるとは
（京都市）中尾素子

封筒の厚さと重さが君からの最後の手紙と教えてくれた
（観音寺市）篠原俊則

九十六噸(とん)その果敢(はか)なさを吾は知る亡父(ちち)が命を預けゐし漁船(ふね)
（仙台市）二瓶　真

健やかに育てと肩に被せくれし菖蒲香れる湯に母とあり
（さいたま市）石塚義夫

イヤホンを着けずラジオを聴く夜に慣れて夫の三回忌来る
（静岡県）小長谷千鶴子

評　沓掛さん、返本の面倒さはあるが、紙の本をまだ扱える喜びと矜持(きょうじ)。安藤さん、もしロシアの暴挙が許されれば、それに倣って中国も、との恐怖を台湾の留学生は。月城さん、この戦争が話題にもならない職場への違和感。

## 【佐佐木幸綱選】　六月十二日

水張りし田の面に映る夕光の紅暗みゆく蛙鳴くころ
（山形市）渡海美和

全身で「大好き」「嬉しい」伝え合い子犬と孫は友達になる
（山口県）庄田順子

目を病めば志功のごとく一枚の葉書に一首彫るように書く
（八尾市）水野一也

初へビと初タケノコは同じ頃心しずめて草を刈りゆく
（佐渡市）藍原秋子

砲弾が止めば瓦礫を片附けて花買い求める戦禍の人よ
（東京都）細井恵子

峠越えの棚田に映る紫は藤のむらさき桐のむらさき
（長岡市）柳村光寛

放たれて牛よろこべば飛びきたりまつはる白き蝶もよろこぶ
（ひたちなか市）篠原克彦

若いからお骨を持てと姉が言ふ三女の我に父は重たし
（東京都）伊東澄子

塩焼きもいいが小ぶりの干物鮎炙りつつ飲む酒のよろしさ
（名古屋市）山守美紀

こだわりの理髪店へと五十年禿頭の夫四キロを行く
（前橋市）荻原葉月

【評】第一首、夕暮れの水張田の微妙な明るさ、色の変化をていねいに表現して印象的。第二首、初対面の幼児と子犬。友達になれたらしい。第三首、棟方志功が亡くなってもうじき五十年になるが、版画を彫る姿が忘れられない。

## 【高野公彦選】　六月十二日

もうひとつの他球（たきゅう）作ってプーチンを乗せてブラックホールへ蹴りたし　（取手市）近藤美恵子

キエフ風鶏（とり）のカツレツ食したる鴨（かも）のほとりの店暖かき　（草津市）今川貞夫

千二百余人の里で人並みにコロナにおびえウクライナ案ず　（飯田市）草田礼子

☆ムーミンの国にあまたのシェルターと兵役ありと知る聖五月　（中津市）瀬口美子

一試合二本塁打の翔平を八、九度も見て一日終へたり　（五所川原市）戸沢大二郎

長病みてわがまま気儘（きまま）を言ひし夫やさしき色の骨を遺しぬ　（茨木市）窪田宣子

七時半横断歩道で旗を振る校長先生の素敵なスカート　（水戸市）加藤慶子

仕送りは「元気でせうか」と添えし母十三回忌に卯の花の咲く　（豊川市）竹尾利夫

アルバイト先の女将（おかみ）を「おかあさん」と子が呼ぶときのかすかな痛み　（和泉市）星田美紀

日溜まりのような先輩旅立たれ屋根にポツンと受信アンテナ　（西予市）大和田澄男

評　一首目、途方もない想像力でえがき出されたプーチン追放劇。思わず笑ってしまう。第二首、ウクライナびいきの気持ちが静かに伝わってくる。「鴨」は鴨川のこと。第三首、たとえ小規模な集落でも、やはり日本の縮図なのだ。

## 【永田和宏選】　六月十二日

「死者」となるそのときまでは生きてゐた兵士市民の今日は幾人
（秋田市）佐々木義幸

大戦で最多の民を喪ひし国家はなのに「戦勝」と言ふ
（羽曳野市）玉田一成

壕の中涙うかべて幼子に「死にたくない」と言わせる世界
（長崎県）中山のりお

映るたびテレビのチャンネル替える妻　替えても替えてもプーチンがいる
（千葉市）愛川弘文

ツツジとは躑躅（テキチョク）と書くこの花の立ち止まる程の美しき意味
（柏市）加藤安博

本線と仙石線の駅蕎麦の味の違ひなら今でも言へる
（仙台市）二瓶　真

蛇が出た井守踏んだとはなやぎてやがて定まる早乙女の腰
（津市）中山道治

職場には元の課長と前課長互いに気兼ねする再雇用
（川崎市）小島　敦

張りつめる土俵の力士その間行くトンボ絵柄の行司夏場所
（福岡県）岩吉幸代

父がもっと話したがった母のことうるさがらずに聞けばよかった
（佐世保市）近藤福代

評　佐々木さんは「そのときまでは生きてゐた」命を「死者」として奪ってしまう戦争を、玉田さんは二千万人以上の死者を出しながら、それを「戦勝」と言わねばならない戦争を、それぞれ詠（うた）う。加藤さん、漢字の意味に納得。

## 【馬場あき子選】　六月十二日

ハルキウに花植え始める人らあり砲撃音のいまだやまぬに
（茨城県）原　里江

☆ムーミンの国にあまたのシェルターと兵役ありと知る聖五月
（中津市）瀬口美子

母の日はサプライズじゃなく希望聞き昔ながらのモンブラン買う
（富山市）松田梨子

沖縄を多く語らぬ友なれどオリオンビールを共に買ひたり
（茨木市）瀬川幸子

住民と食事作りしロシア兵アンドリーウカ村に虐殺の無く
（前橋市）荻原葉月

祖母と行くランチゆっくり歩いたり話したり食べたり無意識に
（富山市）松田わこ

「一匹のハエも通すな」世界一醜いロシアの言葉を聞かされる
（北見市）佐々木　淳

製鉄所に籠もりて戦うアゾフ隊、硫黄島玉砕のたちきて辛し
（東広島市）大成健次

谷の里蜜蜂群れる韮の花テイスティングさせてその未知の味
（朝霞市）青垣　進

真鶴をのぼれば蜜柑の花香りくだれば海の匂い濃くなる
（枚方市）小島節子

評　爆撃で瓦礫（がれき）と化した街に花を植える人。その回復への意志を思わせる第一首。花であることが心を打つ。第二首はムーミンの国フィンランド。すでにそうだったのかと深くうなずく。第三首は母の日。今は贈り物も希望を聞いて。

## 【高野公彦選】　六月十九日

玉ねぎの高騰を受け大根が滋味を深める中辛のカレー
（ふじみ野市）片野里名子

猿ケ谷猫越峠（さるがたにねこごしとうげ）ゴロゴロの滝輪行（りんこう）楽し限界集落
（関市）武藤　修

トルストイ、ドストエフスキー、チャイコフスキー、マトリョーシカあり我が家のロシア
（太宰府市）野上伊都子

砲撃を受くるその間に花を植ゆハルキウの人らの気高さよ
（延岡市）片伯部りつ子

プーチンがやったのと問う孫の前に広がるビルの解体現場
（大阪市）和田佳郎

教職を辞めて気づけりチャイムにはかくものどかな響きあること
（観音寺市）篠原俊則

☆窯焚（かまたき）を終へたる睡魔払ひつつ火の香籠もれる髪を洗へり
（渋川市）木暮陶歌人

ひとりご飯も華やかにせり母の日に貰った箸の透きとおる赤
（山口県）庄田順子

一町の泥田たちまち早苗田に変えてたくまし老田植機は
（安中市）鬼形輝雄

孫達を一人占めして生きてますあなたの居ない老後の時を
（印西市）山本美和子

評　一首目、玉ねぎの代わりに頑張る大根が頼もしい。二首目、ここで言う「輪行」はサイクリングのことらしい。簡潔で、いい言葉だ。三首目、わが家にはこんな魅力的なロシアがある。そのロシアを汚したのは誰？という気持ち。

## 【永田和宏選】　六月十九日

吊り革の代わりに摑(つか)んだ君のシャツ池上線のカーブ懐かし
（川崎市）井上優子

縄暖簾(なわのれん)掛けて女将の顔となり梅雨の晴れ間を見上げてをりぬ
（厚木市）北村純一

沖縄に基地七割もあるという若(も)しも信濃にあればかなしい
（長野市）関　龍夫

人形のやうな少女が人形を抱きて歩く避難民のなか
（宮崎市）髙見　琴

二〇二二年春ガラス越しに合わされる避難する子と残る父の手
（東京都）天野寛子

☆「地獄から地獄へ移る」と泣く妻よ地下壕出でて捕虜となる夫
（春日井市）伊東紀美子

投降のウクライナ兵の行き先が「カティンの森」ではないこと祈る
（観音寺市）篠原俊則

麦秋の季節となりて麦秋の風渡りゆく青葉霊園
（蓮田市）斎藤哲哉

ポケモンとドッジボールが九割の子の話聞く一割のため
（奈良市）山添聖子

☆二時間目じぶんのせきでこわくないおばけの本をひとりでよんだ
（大阪市）おくの花純

評　井上さん、甘酸っぱい青春の記憶。摑んだシャツもいいが池上線のカーブがいい。北村さん、暖簾をかけて自(おの)ずから女将の顔になっていく、何ということもない一コマ。関さん、こう感じるところに沖縄の現状を考える原点がある。

## 【馬場あき子選】　六月十九日

眼差しの何語るらん投降の女兵士は犬撫でており
（岩国市）冨田裕明

☆若者の柩にすがる母親よ麦の畑に十字架並ぶ
（佐伯市）川西敦子

ほどほどの期待に生くとふ十七の子がちらつと見る戦争を人を
（横浜市）小林瑞枝

☆「地獄から地獄へ移る」と泣く妻よ地下壕出でて捕虜となる夫
（春日井市）伊東紀美子

ラーメンをズズッと食べてああこれは恋じゃないって明るく気付く
（富山市）松田わこ

乾鮭（からざけ）のごと積まれし屍（かばね）日々映る七十八億の力及ばず
（朝霞市）青垣　進

☆窯焚を終へたる睡魔払ひつつ火の香籠もれる髪を洗へり
（渋川市）木暮陶歌人

八百世帯のマンモス台地のベランダの鳩の巣阻止に鷹匠たのむ
（三鷹市）宮野隆一郎

風の日の子犬の散歩は進まない揺れる物みな遊び仲間で
（山口県）庄田順子

☆二時間目じぶんのせきでこわくないおばけの本をひとりでよんだ
（大阪市）おくの花純

評　戦争の果ては双方にとってつらいことばかりだ。第一、第二首ともに読むのも思うのも苦しい。投降兵の心中や戦死した若者の柩にすがる母の姿が浮かび上がる。第三首はそうした報道映像を自分の人生を遠望しつつ見る十七歳。

# 【佐佐木幸綱選】　六月十九日

永楽館に大きく幟（のぼり）はためきて「全国子ども落語大会」
（豊岡市）玉岡尚士

林場（りんば）にはけさも木の香が強く立ち材木店のわれを励ます
（東京都）山下征治

目の前のゼリーが身ぶるいするほどの声ひびかせる山（やま）杜鵑（ほととぎす）
（松阪市）こやまはつみ

釣れたひと釣れてなかった人等にも終わりを迫る夕焼けの空
（豊橋市）熊本直弘

柔らかき茅（ちがや）が土手を縁取りて鮎の遡上（そじょう）の季（とき）めぐり来る
（徳島市）上田由美子

投降の兵は護送のバスの中軍用犬の頭撫でおり
（観音寺市）篠原俊則

☆若者の柩にすがる母親よ麦の畑に十字架並ぶ
（佐伯市）川西敦子

あんなにも亡母（はは）を恨んでゐた姉が介護施設に亡母恋ひしがる
（半田市）川上みどり

手裏剣のように名刺を繰り出して新しき地になじみゆく君
（枚方市）小島節子

わかったわ眼鏡のねじの修理にはもひとつ眼鏡が要るということ
（名張市）金曽明子

**評**　第一首、「永楽館」は兵庫県豊岡市にある明治三十四（一九〇一）年開館の古い芝居小屋。第二首、「林場」は材木商が商品の木材・竹類を立てかけて置く場所。第三首、独特の大きな声でホトトギスが鳴く季節になった。

## 【永田和宏選】　六月二十六日

「待っててやすぐ行くから」と泣く人を離して棺の蓋は閉ざさる　（八尾市）吉谷往久

町はずれ古びた公衆電話なら忘れた君の声聞けそうで　（横浜市）杉本恭子

舞鶴と敦賀を結ぶ「小浜線」降っても照っても二輌編成　（舞鶴市）吉富憲治

里山の地蔵の脇に一対の鬼瓦ありカップ酒あり　（神戸市）松本淳一

☆心から鳴いてをるのだ故郷の八千匹の夜の田蛙　（いわき市）馬目弘平

ときがわの鎮守の森の入口の杉の古木に蛇の在(まし)ます　（熊谷市）飯島　悟

蝦夷春蟬の鳴きいだすごとバイク来て大雪山に初夏の風　（北海道）髙井勝巳

話しても話さなくてもいいことを話してみたくなる夕霞　（松山市）矢野絹代

☆初めての同期飲み会緊張の待ち合わせ場所にふいの夕立　（富山市）松田梨子

早朝の富士演習場の地響きに戦地の音が重なりてくる　（横須賀市）鈴木信子

評　吉谷さん、私もそんな場面に立ち会ったことがある。一人だけを先に逝かせてしまう悲痛な叫び。杉本さん、二度と聴くことのできない「君の声」も、古びた公衆電話でならひょっとして、と。以下七首目まで、懐かしい景が並ぶ。

## 【馬場あき子選】　六月二十六日

人びとが来世の結婚祈りつつ花入れる若き兵士の棺
（観音寺市）篠原俊則

時折は土器の破片の現れる畑に胡麻の種を蒔きおり
（蓮田市）斎藤哲哉

☆パンパンとまわしを叩く音響く国技館母と前のめりで見る
（富山市）松田わこ

投降の無念と共にバスに乗る疲れ切ったるアゾフの戦士
（光市）松本　進

改札もアナウンスも皆機械です駅は旅情を失ひました
（須賀川市）伊東仲也

☆心から鳴いてをるのだ故郷の八千匹の夜の田蛙
（いわき市）馬目弘平

ときどきごはんを一緒に食べている太った母とやせた娘と
（調布市）横山圭子

ハンガーを重ね重ねて棕櫚（しゅろ）の毛をふんはり置きて鴉は巣とす
（羽咋市）北野みや子

革命の正義老いたる胸に抱き花を片手に出所する人
（大和高田市）森本忠紀

☆友だちがキックベースでけった時ボールよりくつが遠くにとんだ
（奈良市）山添聡介

評　報道カメラマンの視線が捉える映像はやはり強烈で心が引き寄せられる。第一首、第四首などの切実な場面と、第二首や第三首のような日本の農耕風景や娯楽の光景が同じ地球上にあることに複雑な思い。第九首は重信房子さんの姿。

## 【佐佐木幸綱選】　六月二十六日

つくづくと来し方思う同い年重信房子の出所の記事読み
（大和郡山市）四方　護

オンライン面談を終え現実に戻らぬ心しばし漂う
（札幌市）港　詩織

しみじみと甘い稲荷寿司花嫁の親から夫婦に戻る夕暮れ
（越谷市）黒田祐花

庭いっぱい並べられてた盆栽が片付けられて主人（あるじ）亡き家
（川越市）西村健児

泳げない新任教師早朝にビート板出しバタ足始め
（市川市）をがはまなぶ

お釣りってなにと問う子がいると聞く財布持たざる父母ふえて
（札幌市）田巻成男

☆パンパンとまわしを叩く音響く国技館母と前のめりで見る
（富山市）松田わこ

担架に臥（ふ）すウクライナ兵カメラには顔（かんばせ）向けて生還伝ふ
（東京都）中野順一

早苗田に良き風吹きて山上の風車が回り島に夏来る
（佐世保市）近藤福代

学年別二種目だけの運動会三十分見て親だけ帰る
（北九州市）福吉真知子

評　第一首、懲役二十年の刑期を終えて出所した重信房子をうたう作が何首かあった。第二首、オンライン面談という不思議な時間の余韻。第三首、娘の結婚式・披露宴を終えて帰宅した両親の思い。第三句以下の表現、うまい。

## 【高野公彦選】　六月二十六日

両神（りょうかみ）の木天蓼（またたび）の葉の胡麻よごし肴（さかな）に飲みて腹中も初夏
（熊谷市）飯島　悟

菩提寺の五月一日は独甫の忌　核の無き世を願ひし歌人
（広島市）天野房子

酒のこと「液体美女」というらしい夜毎に美女をはべらせし夫
（草津市）藤波　舞

にくにくしきロシアの兵にもマーマ居て息子の無事を毎日祈る
（甲府市）市之瀬　進

国連の安保理国が戦争するなんて国連存在の否定だ
（尼崎市）宮脇　繁

日本史の絵本を眺め六歳問ふ「じょうもんじんもせんそうしたの」
（水戸市）加藤慶子

寝言でも何か反論してる子の足を避（よ）けつつ布団に入る
（奈良市）山添聖子

☆初めての同期飲み会緊張の待ち合わせ場所にふいの夕立
（富山市）松田梨子

猫だましいなして勝ちし照ノ富士横綱相撲で賜杯を手にす
（横浜市）松村千津子

☆友だちがキックベースでけった時ボールよりくつが遠くにとんだ
（奈良市）山添聡介

評　一首目、酒の肴に奥秩父の両神山で採れたマタタビの胡麻よごしを食べ、季節感を満喫。二首目、この朝日歌壇で活躍した岡田独甫を偲（しの）ぶ歌。作者は独甫さんと知り合いだったのだろう。三首目、「液体美女」とは言い得て妙なり。

【馬場あき子選】　七月三日

義仲寺に雨宿りして琵琶湖まで歩けば今し虹架かりけり
（箕面市）遠藤倫子

栗の花墜ちる頃雨の「墜栗花」は近づきぬ天安門広場にも
（京都市）森谷弘志

耳遠きわれに聞こえる母の声「そうじゃないよ」と天国からの
（敦賀市）大谷静子

朝な朝な蝶より妻は早起きし庭に南瓜の花合せをり
（香取市）嶋田武夫

保育園の朝のはじめは厨房に大きなやかんで麦茶をつくる
（町田市）山田道子

☆若者のごとく果敢に臆病にマスクを脱いで往く大通り
（仙台市）佐藤牧子

蜻蛉の産める卵を石亀が葦の陰からぢつと見てゐる
（本庄市）篠原伸允

☆人間に出会いて母熊引き返し子熊二頭は木に駆け登る
（栃木県）川崎利夫

たのしみは学きゅうぶんこさがしだすおきにいりの本五十さつ目
（大阪市）おくの花純

一斉にマスクを外し懸命に五十メートル走る一年生
（札幌市）藤林正則

評　第一首は義仲寺の雨宿りが生きている。木曽義仲と芭蕉が眠る寺。琵琶湖までの道も奮戦の道であり、俳句の道といえる。第二首の天安門広場への回想もちょうど「墜栗花」の六月と重なる。第三首は必ず聞こえる母の声が尊い。

## 【佐佐木幸綱選】　七月三日

施設ではどんな鏡を見ているか母の部屋には母の鏡台
（福山市）倉田ひろみ

地下鉄は人を操るスマホ載せ同じ景色の駅から駅へ
（富士宮市）髙村富士郎

おすわりのつぎはごろんと横たはりおとなしく毛を刈られる羊
（札幌市）藤林正則

☆若者のごとく果敢に臆病にマスクを脱いで往く大通り
（仙台市）佐藤牧子

☆戦場に兵士ふたりは結婚し明日はそれぞれ前線へ行く
（諫早市）藤山増昭

ヨコハマの花火の音に見上げれば三日月うかぶ開港記念日
（横浜市）桜田幸子

根こそぎが願いの禰宜（ねぎ）の妬むほど根を張る草に音を上げる夏
（横浜市）田中廣義

☆ハルゼミの声は夏より閑かにて芭蕉の知らぬ山寺の季（とき）
（仙台市）沼沢　修

沿線に咲く花々でラッピング秩父鉄道地元を愛す
（熊谷市）飯島　悟

☆人間に出会いて母熊引き返し子熊二頭は木に駆け登る
（栃木県）川崎利夫

評　第一首、今はもうだれもうつさない鏡。母の心を思う切ない思いが読める。第二首、人を操るスマホを載せて走る地下鉄。切れ味のよい風刺に注目。第三首、羊の毛刈りである。素直に刈りやすい姿勢をとる羊もいる。

## 【高野公彦選】 七月三日

☆菜園を始めてからは目と鼻の先に地球が息をしている
（熊本市）柳田孝裕

この国の本屋もやうやく消えどまりううんとでかいか小さきままか
（長野県）沓掛喜久男

日韓の帰国報告より先にマスシューティング告ぐ涙のバイデン
（アメリカ）大竹幾久子

「これでもねえ、乳母(おんば)日傘の日もあつて」ホームの嫗(おうな)は遠い目になる
（生駒市）辻岡瑛雄

傘かしげつつすれ違う鎌倉の青一色の紫陽花の道
（横浜市）一石浩司

いつも山が見える暮らしは芳醇(ほうじゅん)だ家から電車から会社から
（富山市）松田梨子

ひとりづつ体を横にして入る神田の古書店に稀少本待つ
（町田市）村田知子

十年前おぶってジョギングしたことを参観いやがる吾子(あこ)見て想う
（京都市）長谷川恵子

珈琲は立って飲んでも同じあじ茶は座るだけで味がよくなる
（アメリカ）大竹　博

耳慣れぬ補聴器とおり聞こゆる音記憶の音に上書きをする
（東京都）萩原純子

評　一首目、地球の呼吸（大地の息吹）をじかに感じる喜び。二首目、日本から書店が減り続けることを嘆く書店主。三首目、銃撃事件の多発に悩む国。四首目、これでも昔お嬢様育ちだったのよ、と軽口ふうに語る老女に哀感が漂う。

## 【永田和宏選】　七月三日

戦況を語るテレビの解説者ひとつの国を色分けしつつ
（観音寺市）篠原俊則

☆戦場に兵士ふたりは結婚し明日はそれぞれ前線へ行く
（諫早市）藤山増昭

絞り出す声もうつろに風に消える「息子は英雄」ウクライナの母
（横浜市）森　秀人

あのころの夏は朝から夏だったラジオ体操第一第二
（神戸市）松本淳一

☆ハルゼミの声は夏より閑かにて芭蕉の知らぬ山寺の季
（仙台市）沼沢　修

途中とは中途にあらず地名です京と滋賀とを結ぶ山みち
（久喜市）加藤建亜

ゆく朝の母の十指をやわらかく包めばわれは包まれてあり
（垂水市）岩元秀人

古戦場名のみ残して暮れなずむ小手指原にマンションの影
（所沢市）大舘右喜

いちにちを思いださずに過ごす日もありてあれほど好きだったひと
（越谷市）黒田祐花

☆菜園を始めてからは目と鼻の先に地球が息をしている
（熊本市）柳田孝裕

評　篠原さん、ロシア側の制圧地域を色分けし、あたかも別の国のように論じる解説者に対する違和感を。藤山さん、森さんは、喜びも悲しみも戦場にしかない民の実態を詠う。松本さん、懐かしい昭和の夏。上句に実感がある。

## 【佐佐木幸綱選】 七月十日

真鶴の蜜柑畑の木の間越し海のかけらが無数に光る
（枚方市）小島節子

ふくろうが居場所を変えて鳴いている目覚めてしまった時持て余す
（下呂市）河尻伸子

みちのくを旅して出会う松島の海の青ずんだ餅の黄みどり
（富山市）松田わこ

うちつけに「せんせ」と呼んだ店員を一分見続け「おう」と肩寄す
（岡崎市）三上　正

川べりがコンクリートで覆われて林檎畑に狐引っ越す
（五所川原市）戸沢大二郎

梅雨出水に薙(な)ぎ倒されし葦原を雉(きじ)の母ゆく雛(ひな)八羽ゆく
（南相馬市）水野文緒

暁に鳴く雉鳩は急用を思い出したるごとく黙しぬ
（熊本市）西本壮史

大縄跳び大きく回す女子生徒三十名のジャンプ軽やか
（東京都）尾張英治

ベビーカー押すのがずっと夢だった万緑の中ママ初検診へ
（宝塚市）河内香苗

☆母の日のひみつ計画待ち合わせじゅくの帰りにパパと花屋へ
（大阪市）伊藤綾那

評　第一首、木々の間から見える明るい初夏の海。下句、うまい。第二首、暗いうちに目ざめて、闇に耳をすませている時間。「居場所を変えて鳴いている」が的確。第三首、旅の印象を青と黄みどりに集約して楽しい。

## 【高野公彦選】　七月十日

戦いを止（や）める日本語あまたあり和睦に和解・停戦・講和
（豊川市）玉田さかゑ

麻の葉の祖母の着物のリフォームの日傘見せんと墓参りする
（中津市）瀬口美子

沖縄をふるさとに持つ妻の瞳（め）はいつも青空さがしてをりぬ
（横浜市）岡本公純

豊潤な新茶の旨みアミノ酸かのリュウグウの砂の中にも
（枚方市）秋岡　実

六歳が九十四の手をさすり同じ話にただうなづけり
（水戸市）加藤慶子

☆「訳あり」の野菜と果物並べられ「訳あり」だらけの人間が買う
（観音寺市）篠原俊則

未知のことまだまだありそう社会人金曜を花金と呼んだり
（富山市）松田梨子

階級も搾取も民族差別もないマルクスの夢壊す独裁
（神戸市）橋本重梅

ラインにてドイツの景色送り来る娘（こ）に紫陽花の写真を返す
（松戸市）原　尚子

☆母の日のひみつ計画待ち合わせじゅくの帰りにパパと花屋へ
（大阪市）伊藤綾那

評　一首目、停戦関係の日本語はいっぱいあるから、そのどれかの言葉が大きく新聞に載る日を待っています、という気持ち。二首目、麻の葉の模様は祖母の好みだったのだろう。三首目、妻の心の中を深く理解している優しい夫。

## 【永田和宏選】　七月十日

名を呼ばれ頬撫でられるためせめて母国へ帰れ兵士の遺体　（観音寺市）篠原俊則

うばたまの黒き瓦礫（がれき）に礼拝（らいはい）す生くるものみななすすべもなく　（朝霞市）青垣　進

「母さんの方がきれいだつた」と父が言ふ母そつくりと言はれる吾に　（川崎市）岩船千惠

島道は行き止まりなど無きところ行き行きてまた寂しき港　（江田島市）和田紀元

☆にぎり寿司の置かるるごとく退職金振り込まれたり梅雨のある朝　（和泉市）長尾幹也

「大丈夫！」そう言われてもノーマスク怖れる気持ちはすぐには消えない　（東京都）薫々歩知

いつになる街行く人がマスクせず行き交う日々は　もうすぐ夏至だ　（春日市）横山辰生

卯の花のこぼるる道を別れ来ぬさよならのらを風にあずけて　（福島市）美原凍子

渓谷の梅雨の晴れ間にまたたびの真白なる葉は輝きを増す　（瑞穂市）渡部芳郎

絶対に誰にも言ってはいけないよ硝子細工で君は出来てる　（彦根市）田中祐二

**評**　篠原さん、第三句の「せめて」に切なる思いが。青垣さん、瓦礫になっても、あるいは瓦礫になったが故に、いっそう敬虔（けいけん）な祈りが生まれる。この一首が折句であることにも注意。岩船さん、「何よ」と反発しつつ、まあいいかと。

## 【馬場あき子選】　七月十日

畝々の百メートルを超速で芋苗植うる異国の青年ら
（行方市）額賀　旭

実習生去りて寂しくなりし峡笑顔母国語懐しむ畦
（和歌山県）市ノ瀬伊久男

☆にぎり寿司の置かるるごとく退職金振り込まれたり梅雨のある朝
（和泉市）長尾幹也

☆「訳あり」の野菜と果物並べられ「訳あり」だらけの人間が買う
（観音寺市）篠原俊則

授業中マスクはずさぬ子どもらに苦しくなって窓の外を見る
（鈴鹿市）樋口麻紀子

九割がその羽根の身の白鷺は一割の身で羽根を支える
（館林市）阿部芳夫

あったかいお日さまの色オレンジの枇杷の実もいで麦刈りの午後
（福岡県）岩吉幸代

鳩胸も鳥目も猫背も動物は己が由来と知る由もなし
（川越市）西村健児

燕の子今年はどうかと遠まわりして見る無人駅舎の梁を
（広島県府中市）内海恒子

☆母の日のひみつ計画待ち合わせじゅくの帰りにパパと花屋へ
（大阪市）伊藤綾那

評　第一首は外国からの農業実習生の姿。「超速」の一語にこもる実態にはさまざまなことを考えさせられる。第二首も実習生のつづき。ここには交流のなつかしさがあってほっとさせる。第三首の長尾さん、ついに退職されたのだ。

## 【高野公彦選】　七月十七日

熟蚕（ひきこ）踏みもったいないと叱られた吾のみ残り桑を見つめる
（熊谷市）松葉哲也

☆水槽のイロワケイルカの優しい目幼なじみに会いたくなる日
（富山市）松田わこ

子規よりも六十余歳も永らえて仰臥自由である羞（は）ずかしさ
（我孫子市）松村幸一

我が家の次の番地はりんご園下草刈ればむせ返る夏
（五所川原市）戸沢大二郎

あと八分歩けば家にある麦茶初の夏日に自販機で買う
（横浜市）大曽根藤子

「はやぶさ」で生命の神秘探る世にウクライナでの殺戮が止まず
（山形市）小田友弥

造る人売る人買う人使う人　人から人へと渡りゆく武器
（観音寺市）篠原俊則

ロシア語の「世界（ミール）」と「平和（ミール）」は同じ単語　侵略戦争続ける矛盾
（甲州市）山下栄子

雨を避けて入り来し蜂をもてあましほたるぶくろはひと日憂鬱
（ひたちなか市）篠原克彦

ピピというセキセイインコを見つけたらすぐにマツヤマさんに知らせて
（奈良市）山添聡介

評　一首目、時の流れがいろいろなものを変えてしまったことへの静かな深い嘆き。二首目、パンダふうなイルカが作者の幼（おさ）な心をくすぐる。三首目、没年（数え年36歳）まで病床に臥（ふ）して偉大な業績を残した子規への畏敬（いけい）の念。

## 【永田和宏選】　七月十七日

虐待という言葉まだ知らぬ子は「ママごめんね」と餓死をしました
（岡山市）牧野恵子

i（愛）とi（愛）掛ければマイナス1になる　だから離れていよう僕たち
（宇都宮市）手塚　清

「楽しかった」いきているのに過去形に生を思えり病むはつなつを
（和泉市）長尾幹也

ロシア軍の残した戦車の残骸が展示されつつ戦火は続く
（寝屋川市）今西富幸

住めぬ町まだ福島にある事を知って欲しくてまた鉛筆を
（南相馬市）佐藤隆貴

離婚さえしなけりゃなれると思ってた老夫婦への道の三叉路
（松阪市）こやまはつみ

七歳も年下の夫が先に逝く七月になると、八歳下ね
（名張市）出雲千枝子

私のこと忘れていいのよ亡妻（つま）が言ふ　あの頃と同じ優しき声に
（仙台市）二瓶　真

3サイズ大きくなった水着買う三年ぶりのプールのために
（奈良市）山添聖子

御陵の濠渡りゆくくちなわの水脈に揺らげる夏のひかりは
（東京都）野上　卓

評　牧野さん、自分が「虐待」されていると知らずに死んだことを、せめてもの慰めに思う他ないと。手塚さん、虚数のiを愛と読み替えて、恋のかけひきを愉（たの）しく。長尾さん、ともすればもう過去形で己の生を見てしまう悲しさ。

## 【馬場あき子選】　七月十七日

「学校に行きたい医者になりたい」とシリア難民十一の春　（中津市）瀬口美子

真っ当な策は通らず深くなるゼレンスキー氏の眉間の皺は　（仙台市）村岡美知子

☆水槽のイロワケイルカの優しい目幼なじみに会いたくなる日　（富山市）松田わこ

☆仰向けで必死に踠き脱皮して我が家に初の兜虫生る　（戸田市）蜂巣厚子

青大将去年の場所に現るる互いの無事を確かめるごと　（下呂市）河尻伸子

ヘルメットプレゼントされ颯爽と七十六歳銀輪の初夏　（安中市）鬼形輝雄

ふるさとの土を踏めずに戦死せし父の分まで歩に力込め　（飯田市）草田礼子

バルト三国の首都にユダヤ博物館ウクライナにも建つやロシア迫害館　（船橋市）佐々木美彌子

頭上には一万超える核兵器人類こそが絶滅危惧種　（筑紫野市）二宮正博

ピピというセキセイインコが逃げ出した「ピピスキスキ」と鳴くらしいです　（奈良市）山添　葵

評　第一首はシリア難民の十一歳の言葉に悲哀なひびきがあり、戦中の日本の学徒出陣の悲痛な日々を思い起こした。第二首のゼレンスキーの表情の深刻化はテレビなどで見て憂えられているらしい。以下初夏の生物の表情豊か。

## 【佐佐木幸綱選】　七月十七日

道路這(は)ふ蚯蚓(みみず)を土の上(へ)に置けば要らぬことをとまた這ひ出せり
（さいたま市）松田典子

☆仰向けで必死に踠き脱皮して我が家に初の兜虫生る
（戸田市）蜂巣厚子

蝸牛の子足の踏み場もないほどに道渡りゆく雨上がりの朝
（栃木県）川崎利夫

蛇までも食うと知り見るキジ一家いぜんにもましいきいきと見ゆ
（盛岡市）山内仁子

ザリガニの爪だけ並ぶ農道は律儀なカラスの朝食の跡
（匝瑳市）木村順子

オカリナの優しく強き音(ね)に浸る支援コンサート開ける平和
（東久留米市）塩崎慶子

ウクライナかわいそうねと妻の言う黙りておりぬ訳はなけれど
（横浜市）岡本公純

声高に宣言などをされずとも吾には吾の梅雨入りのあり
（熊本市）柳田孝裕

老いてなおプライドのあり座る席意味を持つらし施設の夕食(ゆうげ)
（銚子市）小山年男

園児らのブロック遊び吾子一人ずっと牢屋を作っており ぬ
（川崎市）川上美須紀

評　第一〜第五首、今週は小動物たちの歌がことさら多く、中の五首を選ばせてもらった。日本各地で小動物が大活躍しているようだ。雉子(きじ)をうたう第四首は、葛飾北斎の「雉子と蛇」という有名な絵を思い出させる。

## 【永田和宏選】 七月二十四日

夏空の坂道下り古書街へ何故か海へと向かう気分に
（富士見市）星野幸雄

母の日と父の日がやっと終わったと言いし教え子今に忘れず
（観音寺市）篠原俊則

人知らぬ竹橋騒動　刑死者の小さき墓碑は苔に覆わる
（さいたま市）石塚義夫

うら若きロシア兵は真直ぐに答う三度の命に市民を撃ちしと
（沼津市）佐々木みつお

未亡人佇む日暮れのブチャの墓地輪のつく十字墓標の前に
（横浜市）竹中庸之助

砂山のような小麦は悲します作りし人をただ待つ人を
（中津市）瀬口美子

彼の国の人も見るらむこの月を夏至の夜照らす下弦の月を
（横浜市）白川　修

☆学校は「あだ名禁止」の流れだがあだ名しか思い出せぬ友がいる
（東京都）上田結香

野口雨情訪ねしお石茶屋今も変らぬ静寂の杜
（福岡市）前原善之

☆「熊に注意」高速道の貼り紙は熊にも見える場所に貼るべし
（弘前市）永井一喜

評　星野さん、なぜか心が浮き立つ古書店巡り。下句の気分に覚えがある。篠原さん、両親を亡くした教え子の記憶だろうか。みんなが騒ぐ中での生徒の孤独を思い遣る。石塚さん、私も竹橋騒動（事件）の事は知らなかった。感謝。

## 【馬場あき子選】　七月二十四日

☆学校は「あだ名禁止」の流れだがあだ名しか思い出せぬ友がいる　（東京都）上田結香

真夏日の予報の朝の散歩道木陰を犬が動こうとしない　（川崎市）小林冬海

☆詐欺防止の寸劇草刈りボランティア多忙で楽しい新人の夏　（富山市）松田梨子

立ち止まり青葉の風を吸ひ込みぬ鳩待峠若かりし胸　（岐阜市）後藤　進

キョンがきて時鳥きて栗鼠がきてこのご時世を忘れる山家　（東京都）大村森美

猪は和食好きだと父言いぬ百合の球根全て食べられ　（佐世保市）近藤福代

桃は数桜桃はキロで告げられし盗難に遭ひし被害の記録　（東根市）庄司天明

三ケ月前の住所を懐かしみ丁寧に書く不在投票　（吹田市）中村玲子

水無月の入道雲はやはらかし捩摺草の咲く土手の上　（所沢市）渡部清枝

☆アメンボや葉っぱがいっぱいありました三年ぶりのプールのそうじ　（奈良市）山添　葵

評　第一首の「あだ名禁止」に驚いた。あだ名が愛称であった時代のよき友情はもう夢か。第二首の犬、高温の都市の風景。道路そのものが熱の道だ。第三首は新入社員の余技も入る多忙な楽しさ。第四首、少し美しすぎるが青春の爽涼。

## 【佐佐木幸綱選】　七月二十四日

ゲンコツの形はこうだと拳出す二人の息子の亡父（ちち）の思い出
（印西市）山本美和子

脇役と思いしカスミソウ皚皚（がいがい）と主役演ずる水無月の庭
（下野市）若島安子

毎日のように猪来るけれど来ない候補者過疎地の夏よ
（大崎市）石上伸一

戦争を知らない人と知る人がウクライナのこと詠みたる歌会
（土佐清水市）倉松こずえ

週明けは空席三つウイルスと暮らす生徒に三度めの夏
（西条市）村上敏之

珍しくハリセンボンの釣れたれば水族館員「また宜しく」と言う
（長岡市）柳村光寛

「わくこちゃん」なる湯沸かし器アトリエに若き画家らに囲まれてあり
（南相馬市）水野文緒

☆詐欺防止の寸劇草刈りボランティア多忙で楽しい新人の夏
（富山市）松田梨子

☆アメンボや葉っぱがいっぱいありました三年ぶりのプールのそうじ
（奈良市）山添　葵

☆「熊に注意」高速道の貼り紙は熊にも見える場所に貼るべし
（弘前市）永井一喜

評　第一首、ゲンコツの形を比べあいながら、亡き父の想い出を語る兄弟。昔はゲンコツが得意な父親がいた。第二首、「皚皚」（雪のように白く見えるさま）という古い語をあえて用いて特色を出す。

## 【高野公彦選】　七月二十四日

ウクライナを追われし人らの辛酸を思う浪江町避難中の吾は　（いわき市）守岡和之

ウクライナの或（あ）る町の仮設住宅は列車で無期限と老人が言ふ　（京都市）森谷弘志

無くならぬものは戦争、無くなってしまうはひとりひとりの命　（福島市）美原凍子

いらいらを犬にぶつけてあの媼叱られ役のパグと暮らせり　（名古屋市）磯前睦子

☆詐欺防止の寸劇草刈りボランティア多忙で楽しい新人の夏　（富山市）松田梨子

家の鍵をはじめて使う子に手紙「冷蔵庫にはプリンがあるよ」　（奈良市）山添聖子

嫁いでも好み忘れず父の日のモネのヨットの絵の図書カード　（観音寺市）篠原俊則

なぜかくも癒さるるのか泳ぐとは羊水の記憶か魚（うお）の記憶か　（宝塚市）寺本節子

☆学校は「あだ名禁止」の流れだがあだ名しか思い出せぬ友がいる　（東京都）上田結香

☆アメンボや葉っぱがいっぱいありました三年ぶりのプールのそうじ　（奈良市）山添　葵

評　一首目、たとえ避難してもそのあと不慣れな土地で苦しい生活が待っている……。二首目、仮設住宅といっても列車だし、しかもいつ帰宅できるか分からない、と嘆く老人。五首目は、多忙だけど楽しい新社会人の日々をうたう。

【馬場あき子選】　七月三十一日

ネイルして少しだけ強くなる私爪にピンクの紫陽花がある
（富山市）松田わこ

戦争のニュースを野球に切替えて気をとりなおし朝を炊（かし）げり
（久慈市）三船武子

戦車のことカッコイイとう子らもいてわが戦場は教室にある
（東大和市）杜野　泉

冷凍庫に亡妻（つま）が掬ひし一匙の窪みさながらアイスは眠る
（仙台市）二瓶　真

ミシュランの星はなけれど山の湯の孫と一緒の夕餉のうまさ
（仙台市）沼沢　修

妻子なきわれに孫より電話ありことばやさしく詐欺とおもへず
（小美玉市）津嶋　修

どう生きても晩年とうはやって来るバターナイフを床に落とすごとく
（和泉市）長尾幹也

☆得意気にドイツの孫はオレと言ふ波打つ髪は矢張りゲルマン
（長野県）沓掛喜久男

青鷺は首かしげつつ歩むなり田螺（たにし）も泥鰌（どぢやう）もをらぬ田の面を
（ひたちなか市）篠原克彦

歌ノート白紙なれどもでで虫は一日かけて塀を渡れり
（大分市）松﨑重喜

公約は全部読んだよ選挙戦ぼくは心の中で投票
（藤枝市）石塚文人

☆コンパスではじめて円を書きました算数ノートにバームクーヘン
（奈良市）山添聡介

ひゃくさいひいおばあちゃんおめでとうおたんじょう日ケーキひとくち
（大阪市）おくの花純

評　第一首は爪に季節の花のネイルを飾ることによって、ちょっぴり大人っぽくなった自立心。単純なようで意外な精神的力にもなるのか。第二首は戦争への思いと日常との落差。「気をとりなおし」に微妙な実感がある。第三首は子供らの戦車への憧れへの対応の苦慮。

## 【佐佐木幸綱選】　七月三十一日

五十年使い続けた国語辞書「過密」はあれど「過疎」なきを知る
（下呂市）河尻伸子

繋（つな）がらぬ恐れを知りて今更にあはれなりけり電波の支配
（東京都）杉野森淳子

熊谷の猛暑を猫と昼寝してやり過ごしをり六月の末
（熊谷市）内野　修

マリウポリ神戸カブールどの街も瓦礫の街は同じ顔して
（神戸市）松本淳一

四カ月経ちても街を駆け抜ける戦車の画面に慣らされてゆく
（南丹市）中川文和

揚水はＰＭ二時まで田圃にも節電計画組み込まれたり
（茨城県）青野清一

入院の義父と会えずに故郷のブルーベリーを夫は貰ひ来
（秦野市）関　美津子

ねじ花の螺旋（らせん）階段のぼりつめハナアブ青い空へとびたつ
（枚方市）唐崎安子

「底辺の仕事」という記事底辺の人間いるかのごとき発想
（観音寺市）篠原俊則

自走式草刈り機にて草刈れば飛び出た雉の戻る気配なし
（安中市）入沢正夫

意外にもさらっと聞けた別れ話カフェの外は今日も真夏日
（小平市）関口扶美代

週末の朝の散歩は頭から脳を取り出し空っぽで行く
（尾道市）森　浩希

母熊は杉の皮剝ぎ子と遊び樹液の味を子熊覚える
（新潟県）涌井武徳

評　第一首、この半世紀の日本を考えるとき「過密と過疎」がキーワードの一つなのかも知れない。そんなことを思わせる一首。第二首、電波に深く支配されている私たちの日常生活を実感させられるＫＤＤＩの大規模な通信障害だった。第三首、暑い暑い熊谷市の夏がはじまった。

## 【高野公彦選】　七月三十一日

☆得意気にドイツの孫はオレと言ふ波打つ髪は矢張りゲルマン
（長野県）沓掛喜久男

「いいね！」より「髪切ったね」が嬉しくてＳＮＳを閉じる月曜
（吹田市）赤松みなみ

九条を変える政治家選ぶのも戦に行くのも死ぬのも若者
（浦安市）中井周防

物価高　減るや年金　窓を開けエアコン点けず水風呂に入る
（伊予市）福井恒博

玄関を出た瞬間にもう暑いスーツで過ごす初めての夏
（富山市）松田梨子

美容院クールシャンプーで洗われてわたしの頭はいま北海道
（さいたま市）横山寿美江

周庭氏らどんな暮らしをしているか二重マスクの香港の夏
（亀岡市）俣野右内

日本語の腹痛頭痛のオノマトペ通じるようにと日本医師選ぶ
（アメリカ）大竹幾久子

たのしみは課題が終わった授業中秘密で雲に名をつける時
（奈良市）山添　葵

鷺二羽が三十六度の空よぎり二つの白い輝きとなる
（熊谷市）飯島　悟

公園に空缶ひろふ十一個アガパンサス咲く花叢（はなむら）分けて
（船橋市）大内はる代

通信も通話も全くつながらず父のガラケー借りて出掛ける
（甲州市）麻生　孝

☆コンパスではじめて円を書きました算数ノートにバームクーヘン
（奈良市）山添聡介

評　一首目、ドイツに住む孫の成長を頼もしく見守る作者。二首目、女性は髪形の変化に気づいてくれるのが特に嬉しいようだ。明るい週明けの歌。三首目、だから選挙ではよく考えて投票しましょう、と若者に語り掛ける。四首目、とりあえず夏はこれで対処するが……。

## 【佐佐木幸綱選】　八月七日

☆母が観た映画の続編すすめられ母の世代に囲まれて泣く
（富山市）松田わこ

☆レプリカの竪穴住居の入口に消毒用のアルコールあり
（松戸市）遠山絢子

黒潮にまむかう見老津（みろづ）の無人駅風に波たつ枯木灘みゆ
（東大阪市）池中健一

かゞはしき飯（いひ）を指もてこそぎ取り鮒鮓（ふなずし）を切る料理鋏にて
（枚方市）秋岡　実

石が唄うようなロックを後に残し土に返りぬ葛城ユキは
（関市）武藤　修

ウクライナ画面の端に鳩ほどの鳥が現われ瓦礫に挑む
（横浜市）吉川米子

思い出す落ちゆく浅沼氏のメガネ何度も映した「分解写真」
（岡崎市）兼松正直

朝ごとに鍛へる大腿四頭筋砂の袋を足首にかけ
（横浜市）我妻幸男

下町の小窓の部屋のワンルーム暑さに耐えて履歴書を書く
（横浜市）徳元てつお

重き音立ていきなり降る雨にみるみる黒くなりゆく路面
（鴻巣市）松橋雅実

暑い道猪・猿・雉・兎さえ私が動かねばゆっくりと去る
（佐世保市）近藤福代

一人ずつアクリル板にしきられて日盛りざくざくかき氷食う
（枚方市）小島節子

昔日の記憶とともに思ひ出づ水森亜土のアクリル・アート
（西宮市）柳川　亘

評　第一首、「母の世代に囲まれて泣く」という不思議かつ希有な体験の表現が印象的。第二首、新型コロナの時代の不思議な光景。第三首、見老津駅はJR紀勢本線の駅。第四首、鮒寿司好きにはたまらない。第五首、六月二十七日に亡くなった歌手・葛城ユキさんへの挽歌。

## 【高野公彦選】　八月七日

時めぐり祇園は恋し辻々の路地の奥にもお囃子の音
（神奈川県）吉岡美雪

生活費の赤字が続き穏やかな妻がプーチンの蛮行を詰る
（いわき市）守岡和之

目的ができたと白寿の祖母の言うプーチンの死を見るまで生きると
（神戸市）米谷　茂

ゆみばあば90になっておめれとう色鉛筆の曽孫のはがき
（豊岡市）衣川由弥子

元々の生を六十年とせば失いしものはないのだ雲よ
（和泉市）長尾幹也

☆レプリカの竪穴住居の入口に消毒用のアルコールあり
（松戸市）遠山絢子

純粋に野球楽しむ大谷はベーブルースの時代に戻る
（千葉市）鈴木一成

過疎の地の無数の人生飲み込みし巨大なダムが干上がらんとす
（長崎市）田中正和

クチナシの香りが雨にほどかれて暗闇は輪郭を持ちをり　（神戸市）黒田晶子

逃げもせず声上げもせず銃撃の現場スマホに撮りいる人々　（観音寺市）篠原俊則

☆枝先にモリアオガエルの袋ありふくらむ中は生命（いのち）の宿坊　（飯田市）草田礼子

送電線の細き影下追いながらうどん屋へ行くほんのすぐそこ　（丸亀市）香西美智子

あの時の少しさびしい微笑（えみ）のまま樺（かんば）美智子は老いず美し　（三島市）浅野和子

評

一首目、吉井勇は「かにかくに祇園は恋し」と歌ったが、私はコロナ禍で旅行もできず、あのお囃子を聞くこともできない、と祇園を懐かしむ歌。二首目、三首目、共にプーチンは困った人だ、という怒り。四首目、色鉛筆で書いた幼子の「おめれとう」の文字がかわいい。

## 【馬場あき子選】　八月七日

初賞与真っ先に妹の顔浮かんで誘うパエリアの店　（富山市）松田梨子

梅雨あけの軒に動かぬ影ありて燕（つばめ）二度目の抱卵の日々　（逗子市）織立敏博

君に会い君と別れし漁の町廃線鉄路は海鳴りを聴く　（垂水市）岩元秀人

☆母が観た映画の続編すすめられ母の世代に囲まれて泣く　（富山市）松田わこ

「抑留」を訊けど多くを語らずに父は白寿を生きて逝きたり　（南丹市）中川文和

五歳にて空襲により気絶せしわれただ祈る戦争の終結　（入間市）有賀政夫

梅雨晴れて九日ぶりの獄庭の草の葉嚙めば苦き味よし　（名古屋市）西垣　進

☆枝先にモリアオガエルの袋ありふくらむ中は生命の宿坊　（飯田市）草田礼子

子の顔のパッと輝く地引網胸ビレ広げるトビウオを手に　（中央市）前田良一

ヒマラヤのピンク岩塩ふりながら万年雪の消ゆる日憂ふ　（宇都宮市）手塚　清

本屋また一軒無くなり新刊のにほひ楽しむ居場所うしなふ　（鎌倉市）石川洋一

アゲハチョウのよう虫が鳥に食べられたむしゃむしゃ太郎とよんでいたのに　（奈良市）山添聡介

編集者さんに初めて会いました一緒に「ひみつきち」に入った　（奈良市）山添　葵

評　第一首は初の賞与を手にした大人顔の姉気分。まず妹に奢（おご）ることの楽しさ。パエリアが独特で、またちょうどいい。第二首は二度の子育てをする燕のたくましさ。第三首は古きよき恋が思い出としていつまでも生きている。第六首の空襲時の幼子の衝撃の深さに驚く。

## 【高野公彦選】　八月十四日

地に戦終わらず墓標また墓標悲しみだけを足してゆく夏
（福島市）美原凍子

☆ゼレンスキー氏がユニクロのCMに出るようなそんな日が早く来てほしい
（前橋市）西村　晃

☆マイク持つ安倍元総理に写りこむ犯罪者となる前のその顔
（一宮市）園部洋子

「民主主義守る国葬」国会の議論も経ずに決定をする
（観音寺市）篠原俊則

極楽の余り風吹く　鎌おいてたぶの木かげに帽子とるとき
（新潟市）太田千鶴子

草刈りの嫗に一礼汽笛をば鳴らしつつ行く秩父鉄道
（秩父市）畠山時子

通訳がキャッチボールの相手する大谷先発前日のこと
（対馬市）神宮斉之

デスマスク哲人のごとき鷗外の恋の歌読む星祭の夜
（中津市）瀬口美子

☆孫の名で借りては倹約せぬ祖父母　赤字国債平たく言えば
（小山市）木原幸江

☆一学きのお楽しみ会　教室に大きなピタゴラスイッチ作る
（奈良市）山添聡介

評　一首目はこの地球上に絶えない戦争を憂い悲しみ、二首目は平和への希求をユーモア混じりに詠む。三首目、あのとき偶然写り込んでいた銃撃者の顔をクローズアップし、公衆の面前で平然と行われた犯罪の恐ろしさを歌う。

## 【永田和宏選】　八月十四日

知らぬ間に減便廃線過疎の足返したくても返せぬ免許
（岡山市）伊藤次郎

☆ゼレンスキー氏がユニクロのＣＭに出るようなそんな日が早く来てほしい
（前橋市）西村　晃

幾人が死に幾人が泣きいるか木下に夏の落ち葉掃く午後
（堺市）丸野幸子

☆孫の名で借りては倹約せぬ祖父母　赤字国債平たく言えば
（小山市）木原幸江

☆マイク持つ安倍元総理に写りこむ犯罪者となる前のその顔
（一宮市）園部洋子

税金で国葬にすることの是非問われるうちはまだ安全か
（札幌市）住吉和歌子

缶ピース長髪下駄履き思草寮まだ何者でもなかった私
（観音寺市）篠原俊則

華氏でなら一〇〇度を超ゆる計算に実感しおり今日の猛暑を
（舞鶴市）吉富憲治

私に年輪あるなら見てみたい多分十八、五十二に乱れ
（大和郡山市）四方　護

「ふうん、そう」とか「なるほどね」とか受けとめてくれたらそれでいいんだよ
（大阪府）芹澤由美

評　伊藤さん、高齢者は免許の返納を勧められても、高齢者ほど返せぬ事情がある。西村さん、発想の意外性と大胆さに拍手。「そんな日が早く」と。木原さん、孫の代になっても返せそうにない赤字国債、我々はどう責任を取るのか。

## 【馬場あき子選】　八月十四日

☆投げっぷり倒しっぷりがすごくって母じゃない母を知る
ボウリング　（富山市）松田梨子

スーパーへ超速のペダル列をなす農の休みの異国の青年
（行方市）額賀　旭

明日は抜く奥歯にメロンを味わわせ八十年の労をねぎら
う　（蓮田市）斎藤哲哉

傍らのおやつの桃を食みつつも棋士は鋭い視線外さず
（南魚沼市）木村　圭

早苗食ひしジャンボタニシを餌として腕に覚えの鰻筒浸（つ）
く　（和歌山県）市ノ瀬伊久男

娘我（われ）が言はせてゐるのか生きてゐてしやあないねえと老
いたる母に　（水戸市）檜山佳与子

短冊におとなになりたくないと書く園児に背負わすこの
国の負債　（名古屋市）吉田周子

この塩はもと沖縄の海だつた胡瓜を揉めば涙の味す
（羽咋市）北野みや子

マリトッツォ作る手立ても銃作る手立ても検索できる
「便利さ」　（観音寺市）篠原俊則

☆一学きのお楽しみ会　教室に大きなピタゴラスイッチ作
る　（奈良市）山添聡介

評　第一首は一家でボウリング大会か。お母さんの実力がすごい。子供としての驚きが楽しく面白い。第二首は外国からの技能実習生。休暇の一日の買い物の楽しみが超速のペダルにある。第三首の上句はちょっと呆（ぼ）けの味わいがある。

## 【佐佐木幸綱選】　八月十四日

休むなくあまたの帽が上下して遠泳の子ら沖へと向かう
（逗子市）織立敏博

☆投げっぷり倒しっぷりがすごくって母じゃない母を知るボウリング
（富山市）松田梨子

朝早く田んぼにいるのは白鷺と雉子と五位鷺（ごいさぎ）吾とカルガモ
（山口市）藤井　盛

野仏に供える黄萱二本剪（き）り今日の畑の仕事を終（しま）う
（蓮田市）斎藤哲哉

飴色に変わった竹のものさしが三本出てくる母の引き出し
（横浜市）杉本恭子

燕らも色濃き早稲（わせ）を好むらし休耕田は迂回して飛ぶ
（金沢市）前川久宜

青春を懐かしむなよいまここが自分の生の頂きぞ、よしっ
（和泉市）長尾幹也

千体仏数えてみれば千四体蔵雲禅寺の和尚は笑う
（豊岡市）玉岡尚士

老いてゆく未知の経験始まりてまず美しきパジャマを買おう
（北九州市）小長光吟子

「ヤバイ」とも「めっちゃうまい」もつぶやけばなにやらはずかしやっぱりやめとこ
（松戸市）猪野富子

評　第一首、沖へ向かう遠泳の一団を遠望している場面。ていねいな描写が印象的。第二首、はじめて母とボウリングをしたらしい。投げっぷり倒しっぷり、よほどすごかったのだろう。第三首、広々とした早朝の田が眼（め）に浮かぶ。

## 【永田和宏選】　八月二十一日

「南方で死んでんあの子」祖母言ひきその「南方」の何処かを知らず　（神戸市）松本淳一

キャンパスに沖縄の友ひとりゐて留学生と呼ばれし時代（とき）あり　（徳島市）上田由美子

あれほどの火傷なりせば欲（ほ）りし水あげてもよかったといま医師は言う　（アメリカ）大竹幾久子

☆愛犬は自宅で看取り老親は施設で看取る世さびしと思ふ　（高崎市）野口啓子

ラジオから古いユーミンの曲流れ脳の奥から歌詞が染み出る　（尾道市）森　浩希

「時刻表覚えんでええんやで」東京に進学したる哲っちゃん言いき　（東京都）岡　純

会長社長専務の他に社員ひとり誇らかに言ふ古き豆腐屋　（金沢市）前川久宜

頽（くずお）れるわれを支える厚き胸などはないからぐっと踏ん張る　（東京都）渡部鈴代

若者で賑わう夜の新宿に騒擾（そうじょう）罪の在りし日思う　（さいたま市）斎藤宏遠

君は言う・i（愛）掛ける・i（愛）は負になると　でも・i（愛）足す・i（愛）で2・i（似合い）の二人　（横浜市）齋藤和男

評　八月、今年も戦争の歌が多かった。松本さん、子の死んだ場所さえ特定できぬ不条理が戦争。上田さん、最大の被害を被った沖縄の不条理は本土復帰の後も今に。大竹さんは原爆の悲惨を。十首目齋藤さん、7月17日付手塚清さんへの返歌。成程（なるほど）。

## 【馬場あき子選】　八月二十一日

週明けに配属先へ初出勤パンプスも気持ちも新しく
（富山市）松田梨子

☆七十歳でウクライナ去り来日す胸痛みつつ日本語授業す
（坂東市）内田ちひろ

変わらない風景を知る奈良ホテルアインシュタインが奏でたピアノ
（吹田市）赤松みなみ

末期にて余命三月と告げられる賀状の絵柄決まりし時に
（多賀城市）賀川秀眞

病身の歩みは遅し人去りてインターホンに夏の雨聞く
（和泉市）長尾幹也

☆硬すぎず柔らかすぎず母が茹でた枝豆につい悩みを話す
（富山市）松田わこ

☆年寄りの爪は厚く切りにくく生き抜きましたと誇らし気に
（横浜市）太田克宏

家建てて帰還すと決めいわきから浪江町の更地の除草に通う
（いわき市）守岡和之

いつしかに見守るだけで口にせず結婚しない子を持つ友は
（仙台市）沼沢　修

小松菜にストレスによる斑点出づ生くる苦しみ人のみにあらず
（柏市）正野貴子

評　第一首は第一次研修も終えて最初の配属先への初出勤。新鮮感のある明るさをパンプス一つによってみせる。第二首は来日のウクライナ難民に日本語を教えている。七十という年齢が心を打つ。第三首のピアノの由来は初耳。

## 【佐佐木幸綱選】　八月二十一日

三年ぶりに開催されし夏まつりかけ声のなきみこし過ぎゆく
（上尾市）鈴木道明

「まっ、いいか」と育てし娘は離乳食きっちり計り作りておりぬ
（横浜市）大曽根藤子

老杉は天を指し直ぐに立ちて居り顔真卿の楷書のごとく
（熊本市）西本壮史

ジョギングの人も散歩の犬も皆遠まきに見るカメの産卵
（つくば市）山瀬佳代子

四国から出ることはもうないだろうちちはは眠る墓まで歩く
（観音寺市）篠原俊則

雨の日は濡れし煉瓦の色深く閘門橋は明治の造り
（東京都）山下征治

☆七十歳でウクライナ去り来日す胸痛みつつ日本語授業す
（坂東市）内田ちひろ

遠雷を聞きつつ我は犬とともに並んで眠る同じポーズで
（神戸市）松浦知恵子

憧れのお相撲さんを目の当り鍛えた肌の艶やかなこと
（美濃市）田中郁夫

天野峠羽立峠をなお越えて津田の松原へ吟行に行く
（高松市）村川　昇

評　第一首、はじめて見る「かけ声のなきみこし」が衝撃的だったのだ。第二首、自身の子育てを反省しているのが可笑しい。実際はちゃんと育てていたのだろう。第三首、「顔真卿の楷書のごとく」という比喩の意外性。

## 【高野公彦選】　八月二十一日

水出しの緑茶の色が深まれば夏の身のうち風鈴が鳴る
（吹田市）小林はな

西大寺駅に降り立ち伎芸天(ぎげいてん)仰ぎたく訪(と)ひき秋篠寺を
（横浜市）松村千津子

☆年寄りの爪は厚く切りにくく生き抜きましたと誇らし気に
（横浜市）太田克宏

みんみんのにぎやかに鳴く水辺にて合ひの手入るる牛蛙あり
（熊谷市）内野　修

☆愛犬は自宅で看取り老親は施設で看取る世さびしと思ふ
（高崎市）野口啓子

☆硬すぎず柔らかすぎず母が茹でた枝豆につい悩みを話す
（富山市）松田わこ

信号が黄になれば急ぐ日本人　ゆうゆうと渡るニューヨーカーは
（アメリカ）大竹　博

オンラインの後遺症かな無反応な学生を前に対面講義す
（千葉市）岡部統子

咀嚼(そしゃく)音一オクターブ高まりぬ補聴器つけて朝食摂れば
（豊岡市）玉岡尚士

16の倍数になるページ数自分の本棚確かめにいく
（奈良市）山添　葵

評　一首目、水出しの緑茶の色がいかにも涼しそう。二首目、かつて伎芸天の像を拝したくて降り立った駅で、あんな事件が起きるとは。三首目、介護現場の正直な声。十首目、本の頁数は16の倍数になっていると聞いて、さっそく。

## 【馬場あき子選】　八月二十八日

父と行く土曜の中古車販売店私を見てる空色の軽
（富山市）松田梨子

父さんと同じ大きなスプーンで初めてカレーを食べた夏の日
（可児市）前川泰信

父遥か父の日遥か二眼レフもちて被爆地に佇つ父の陽炎
（東京都）鈴木淑枝

ピョンピョンと虫けらたちがおじぎして我にことわりトマトをかじる
（彦根市）田中祐二

真夜中の二時は不可思議我が窓に月光降ればカブトムシも来
（五所川原市）戸沢大二郎

山羊の乳もらいにゆきし家いずこ山道消えて家立ち並ぶ
（綾部市）出口真理子

仏前の花多くして部屋冷やし仏と共に猛暑に耐える
（飯田市）草田礼子

かさぶたに代はりて樹皮は傷口を厚く覆へり被爆のアオギリ
（神戸市）鈴木みゑ子

不安さえ商品として売り出せり「認知症保険」「孤独死保険」
（観音寺市）篠原俊則

最果ての原野を埋め尽くしたる蝦夷萱草を食べ尽くす鹿
（札幌市）藤林正則

**評**　第一首の作者は今年就職したばかり。車が必要となり父と下見に。「空色の軽」がいきいきとアピールしている。第二首は父との外食。父と対等の大きなスプーンが誇らしい記憶だ。第三首の父は被爆地に佇つ幻。今も見つめ合う。

## 【佐佐木幸綱選】　八月二十八日

無機質に人数告げるコロナ死の中の一人は我の義兄(あに)なり
（八王子市）本田修文

青大将梁(はり)から落ちただけですとやおら畳をするするとゆく
（京都市）八重樫妙子

しづかなるあかつきを飛ぶ白鳥の一羽降りたつ武庫の流れに
（西宮市）小田部桂子

店主老いて「天野商店」廃業す離島(しま)でこめ・みそ百年売り
（愛知県）松崎孝則

遥かなる「みなとみらい」に雲の峰迫りてアクアラインに入りぬ
（横浜市）大曽根藤子

禅寺に「朝課」と名付く負担あり定年のなき朝のお勤め
（東根市）庄司天明

みんみんが夏の透き間を埋めてゆく入道雲に続く坂道
（横浜市）岡本公純

最新の兵器を称えコメンテイター武器を捨てよと誰も言わざり
（宮城県）中松伴子

反り返る波の破片をめがけ打つ盛夏の投網にウロコ飛ぶ渚
（福島市）澤　正宏

赤六つ青六つ咲くあさがおの小さき鉢のあさがおの朝
（帯広市）小矢みゆき

評　第一首、新聞・テレビなどが毎日の新型コロナ感染者・死亡者の数を報道するのが当たり前になってしまった。いつまでつづくのか。第二首、青大将が梁から落ちてしまい、なにやら恐縮している様子がなんとも可笑しい。

## 【高野公彦選】 八月二十八日

ずっとここに居ていいんだよというような平日の昼ジュンク堂書店
（東京都）金　美里

学生時「風土」買いたる古書店が京の街から消えるとの報
（亀岡市）俣野右内

神々が地上にいた頃思わせる北口榛花の六投目飛ぶ
（横浜市）杉本恭子

HP回復のため子の髪の匂いを吸わせてもらう「ただいま」
（奈良市）山添聖子

かさばれる古書のリュックを抱えつつ時忘れけり岩波ホール
（我孫子市）松村幸一

国葬の国費があれば幾人の孤児の食事が作れるだろう
（観音寺市）篠原俊則

濁音が恋しくなって電話越し岩手の祖父の「じゃじゃじゃじゃ」を聞く
（吹田市）赤松みなみ

断捨離ができるのは今後もっと良い思い出が増える自信ある人
（東京都）上田結香

倒れないうちに再び手摺りなきピサの斜塔に登りたいもの
（石川県）室木正武

雪女の気分になって食べているはく息冷たくなるかき氷
（奈良市）山添　葵

評　一首目、書店にいる安らぎ。二首目、活字文化の衰退を悲しむ。『風土』は和辻哲郎の著。三首目、先日の世界陸上での槍投げ選手の活躍。四首目、日々のHP（ヒットポイント。負けない体力）が欲しいと子の帰りを待つ。

## 【永田和宏選】　八月二十八日

この窓をよぎる靴、靴今生にわが失いし足音すずし
（和泉市）長尾幹也

「終戦はどちらでしたか」親父（おやじ）らが普通に言ってた昭和の八月
（大和郡山市）四方　護

墨田区と江戸川区との区境の川の両側どちらも真夏
（東京都）十亀弘史

「次はウクライナ情勢です」天気予報のごとラジオが告げる
（倉敷市）三村直子

網膜に何を焼き付け逝くのだろうウクライナ兵もロシアの兵も
（つくば市）小林浦波

死にたしと言うておりしが癌をえてつくづく生きたしと言うて果てしと
（オランダ）モーレンカンプふゆこ

出羽津軽蝦夷に利尻の雪解（ゆきげ）なす富士三昧の北の空旅
（小城市）福地由親

資源ゴミ回収の朝百科事典栞（しおり）を挿（はさ）んだまま出されおり
（川越市）西村健児

一画でさんずいを書く君の「海」一番早い夏を見つけた
（吹田市）赤松みなみ

「ありがとう」って伝えてくれてありがとう友だち一人ふえた放課後
（大阪市）天田凛青

評　長尾さん、靴音を響かせることもできなくなった作者。「今生にわが失いし」が痛切。四方さん、確かにそんな会話を聞いていた気が。十亀さん、区に境はあっても、夏に境はない。下句が巧（うま）い。三村さん、小林さん、ウクライナを注視し続けたい。

## 【佐佐木幸綱選】　九月四日

道産子の群れは静かに草を食む濤沸（とうふつ）湖畔に雨上がる朝
（柏崎市）阿部松夫

川トンボ科ハグロトンボは木蔭にて茗荷群生を好んで憩う
（岐阜県）箕輪富美子

枝打ちの我が胸元に子かまきり純真無垢のそのうすみどり
（国分寺市）植田豊喜

宇宙からやってきましたというようなゴマダラカミキリ姿勢を正す
（仙台市）小室寿子

ほくほくのトンガの南瓜が実を結ぶ遥か日本のわが菜園に
（大分市）岩永知子

塹壕（ざんごう）に洗濯物を干してある兵士の靴下ウクライナ軍
（横浜市）徳元てつお

放射線治療の夫が日傘デビュー今年の夏は特別暑い
（東京都）浅賀裕子

町内に三軒有った魚屋も無くなり我の靴屋も畳む
（青梅市）増田　正

☆みづうみに風の道ありひとところ風のかたちに霧はうつろふ
（ひたちなか市）篠原克彦

接頭語のような感じもただ嬉し「三年ぶり」が付く夏祭り
（盛岡市）及川三治

評　第一首、雨上がりの濤沸湖畔の放牧の馬たちである。網走ならではの広々とした光景が目に浮かぶ。第二首、ハグロトンボは神様トンボとも呼ばれる黒色のトンボ。以下二首、この季節ならではの昆虫の歌が並んだ。

## 【高野公彦選】　九月四日

伊邪那岐(いざなき)のこめし霊力こぼさじとよく冷えた桃すすりつつ食ぶ　（枚方市）唐崎安子

橅(ぶな)の幹伝ふ雫の絶えずして白神山地湿度90　（五所川原市）戸沢大二郎

ごめんねを言わないという甘え方明日が来るって信じてた頃　（吹田市）赤松みなみ

輸出合意後(あと)すぐ港を攻撃す息するように嘘つくロシア　（山梨県）石原　学

本質は名前を変えても変わらぬと教えてくれた某教団が　（熊本市）柳田孝裕

☆五十年を異国に生きて子と孫と今日は郡上(ぐじょう)に踊りおるなり　（オランダ）モーレンカンプふゆこ

ひと雨の期待外れの黒い雲消えて猛烈な熊蟬のシャワー　（小郡市）嘉村美保子

コロナ禍に猛暑日つづく外出は今日も直行直帰なりけり　（熊谷市）内野　修

戦争を知る祖父だから玄関で「行って帰り」と送ってくれた　（鈴鹿市）樋口麻紀子

☆人間ものせたらいいのかもしれないきけんゆうどく生物図かん　（奈良市）山添聡介

評　一首目、黄泉の国から脱出するイザナキノミコトを想いつつ、美味(おい)しい桃を楽しむ。二首目、湿度90でも涼しげな橅。三首目、時につまずきながら成長する自分を見つめる若き女性。十首目、確かに「きけんゆうどく」ですね。

## 【永田和宏選】　九月四日

権力者の側近たるはもの言わずもの言わぬゆえ側近たるか
（亀岡市）俣野右内

☆みづうみに風の道ありひとところ風のかたちに霧はうつろふ
（ひたちなか市）篠原克彦

放置され二歳の姉は一歳の弟励まし車中にありしか
（観音寺市）篠原俊則

☆インパールで死んだ息子の年金を私の学資の足しにした祖母
（東京都）松本秀男

ユーモアは〈にもかかわらず笑う〉の謂にもかかわらず笑いて凌（しの）ぎき
（東京都）渡部鈴代

☆先輩に同行お得意先回り犬の名前もちゃんとメモする
（富山市）松田梨子

処理水の海洋放出ふくしまの沖の魚らは何も知らない
（福島市）美原凍子

半世紀岩波ホールを支えたる座席の一人でありしよわれも
（松戸市）遠山絢子

政治家のレベルは所詮その国の民のレベルと聞くは哀しき
（横浜市）道蔦静枝

☆人間ものせたらいいのかもしれないきけんゆうどく生物図かん
（奈良市）山添聡介

評　俣野さん、単刀直入、答はイエスと言いたい筈（はず）。二首目篠原さん、霧が「風のかたち」を見せ、それが「風の道」ともなっていると。美しい自然詠。三首目篠原さん、またしても繰り返される放置死亡事件。痛ましく許しがたい。

## 【馬場あき子選】　九月四日

我の弾く駅のピアノに寄りきては拍手してくれし白杖（はくじょう）の人
（町田市）宮澤洋子

☆先輩に同行お得意先回り犬の名前もちゃんとメモする
（富山市）松田梨子

☆五十年を異国に生きて子と孫と今日は郡上に踊りおるなり
（オランダ）モーレンカンプふゆこ

経を読むことが役に立てたとふ戦地へ征きし山寺の祖父
（さいたま市）齋藤紀子

われ母と戦死の父の骨なき壺埋めて五歳より「住持」なりにし
（東根市）庄司天明

疎開船沈む悪石島（あくせきじま）の闇沖縄航路は消灯を告ぐ
（川越市）吉川清子

☆人間ものせたらいいのかもしれないきけんゆうどく生物図かん
（奈良市）山添聡介

雛つばめ四羽かい抱くごとくにも両翼ひろげきつたり親は
（我孫子市）松村幸一

☆インパールで死んだ息子の年金を私の学資の足しにした祖母
（東京都）松本秀男

カンボジアの息子がくれたお中元開けてびっくり日本のうなぎ
（枚方市）林　孝夫

評　駅ピアノの演奏がよく話題に上る。第一首はふと心のままに弾いたピアノに白杖の人との心のふれ合いがあったよろこびが深い。第三首はオランダのモーレンカンプさんの帰省と歌の復活。楽しそうだ。第六首の船は対馬丸。哀悼！

## 【高野公彦選】　九月十一日

白球が飛ぶ夏空も砲弾が飛ぶ夏空もこの地球（ほし）の空
（相模原市）石井裕乃

スパシーバ私がわかる唯一のロシア語なのに使いたいのに
（京田辺市）藤田佳予子

☆戦争は祈りだけでは止まらない　陽に灼（や）かれつつデモに加わる
（東京都）十亀弘史

大谷の打ちしボールを追うカメラオークランドの月も映せり
（久慈市）三船武子

知り合いが友達になる　飲み会の血液型を当て合う時間
（吹田市）赤松みなみ

鍵失せて探しに戻る草原は二万町歩に黄菅（きすげ）咲き満つ
（長野県）千葉俊彦

湯上りの体がさっと乾くとき三日遅れの私の立秋
（藤沢市）遊佐英利

デラウェアは母の好物デラウェアが美味しいうちにプチ親孝行
（富山市）松田わこ

かなかなの声が亡き父つれて来てビール二本目注（そそ）ぐゆふぐれ
（仙台市）沼沢　修

見張れるを見せつけてをり百均の自動精算機にカメラ付く
（可児市）前川泰信

**評**　一首目、甲子園の球児たちの空も、ウクライナの空も同じ夏空。二首目、スパシーバ（ありがとう）と言いたくてもプーチンの顔が浮かんで、言えない。三首目、同情するだけでなく、ぜひデモに参加してほしい、との思い。

## 【永田和宏選】 九月十一日

広島の朝の石段座りて須臾(しゅゆ)「死の人影」となりしひとの名は
（京都市）森谷弘志

私を見て母はいい顔と言ってくれた「奥さんは色黒だけどいい顔です」
（佐世保市）近藤福代

「マジっすか」「ヤバイっすね」では済まぬのよ若き人らよ戦争とうは
（水戸市）中原千絵子

原爆忌われらふたつを負うており広島は夏長崎は秋
（八尾市）水野一也

☆戦争は祈りだけでは止まらない　陽に灼かれつつデモに加わる
（東京都）十亀弘史

一年前の自分と比べ衰弱す想像なすだに怖し五年後
（和泉市）長尾幹也

忘れ得ぬ京都の市電昼下がり吊り革揺れて風抜けいたり
（舞鶴市）吉富憲治

種採ってその種蒔いてまた採って四半世紀をこのアサガオと
（新潟市）太田千鶴子

昔から思っていたがベーブ・ルース　ベースボールと似すぎてないか
（東京都）伊東澄子

なんぴょうでかみぬけおちる人のためのばしはじめて五ケ月のかみ
（成田市）かとうゆみ

評　森谷さん、原爆を浴び、影としてのみ残った人。その名は特定されていない。近藤さん、可笑しくも哀(かな)しい、母の認知症。以下三首、戦争の歌。戦争は決して過去のものではないが、それが軍備拡張へ繋がる懸念の歌も多かった。

## 【馬場あき子選】　九月十一日

静かなるかやつり草に擬態して蟷螂(かまきり)急に蝶を捕食す
（町田市）髙梨守道

顔知らぬ父もつ夫の存在の重さを今年も知る終戦日
（浜松市）櫻井雅子

口移しの朝餉に慣れし子鴉の今日は一羽で地をつつきおり
（アメリカ）大竹　博

「めん鶏(どり)」も「剃刀研人(かみそりとぎ)」もいないけど夏の真昼はひっそり怖い
（川崎市）小池たまき

背中より空冷ファンの音させて業者は来たり猛暑の二時に
（小金井市）神蔵　勇

☆戦争は祈りだけでは止まらない　陽に灼かれつつデモに加わる
（東京都）十亀弘史

戦争で分ったことが一つある国国に大量の武器のあること
（川崎市）宇藤順子

学童保育所で「オレ」と言う子が母の手をずっと離さず歩く夏の日
（山口県）庄田順子

「いぐさの香これも値段のうちですよ」三代目継ぐ若き畳屋
（新潟市）太田千鶴子

ヒマラヤの大岩壁の地衣類のいのちを熱く語るクライマー
（いわき市）馬目弘平

評　第一首はかやつり草に紛れ擬態していた蟷螂が、安らぐ蝶に本体をあらわす怖い一瞬。第二首の夫君は戦死した義父の遺児だった。第四首は茂吉の歌が母体。「めん鶏ら砂あび居たれひっそりと剃刀研人は過ぎ行きにけり」

## 【佐佐木幸綱選】　九月十一日

☆戦争は祈りだけでは止まらない　陽に灼かれつつデモに加わる
（東京都）十亀弘史

軍国少年時代と似た風を近頃老いた肌に感じる
（大阪市）由良英俊

キーウ発の特派員メモ打つ夫の鼻すする音キッチンに聞こゆ
（交野市）中野セツ子

竹山広の戦後の歌に「混葬（コンソウ）」という詞（コトバ）ありたりウクライナ、今
（川越市）吉川清子

ちよつとした坂にも名前荷車の時代の人に重かりし坂
（岐阜市）後藤　進

古着物繕ひをれば手に添ひて織り手縫ひ手の心伝はる
（福井市）縣　洋子

今度こそ開催信じ走り出す十九回目フルマラソンへ
（今治市）気田由紀子

雲よりも淡き半月昇りゆくまだ空碧き立秋の宵
（東京都）小池　正

栗畑見下ろしクレーン林立すまた造るらし物流センター
（つくば市）山瀬佳代子

お弁当買って電車とバスに乗る十分間の花火見るため
（市原市）髙木明日香

評　第一、第二首、日本はどうなってゆくのか。戦争の気配が身近に感じられる昨今である。第四首、長崎で被爆した歌人・竹山広の歌集『とこしへの川』に「人に語ることならねども混葬の火中にひらきゆきしてのひら」がある。

**【永田和宏選】** **九月十八日**

君と吾の名前書き込む数多(あまた)なる書類が君の死を突きつける　（光市）永井すず恵

自力にて切れば痛くはないのだが切られて痛い蜥蜴(とかげ)の尻尾　（金沢市）前川久宜

補助線を一本引けば解けそうだ「国葬」だけは即決の訳　（水戸市）中原千絵子

人数や動画再生回数で数値化されてしまう感動　（大津市）佐々木敦史

魚にもＰＣＲの検査する福建省のゼロコロナ策　（中津市）瀬口美子

☆満月を与謝の海へと映しつつ伊根の舟屋は舟呑みねむる　（東大阪市）池中健一

死にたいとドラマのなかでしゃべるひと死にたいひとはしゃべらないたぶん　（東京都）浅倉　修

ウクライナのニュースに馴れてゆく炎暑　ベトナム戦争の頃のようだね　（名古屋市）水岩　瞳

☆最北の無人駅なる稚内抜海駅(ばっかいえき)が町に点(とも)す灯(ひ)　（札幌市）住吉和歌子

「竜宮の乙姫の元結の切外し」って甘藻(あまも)のことだと知っていました？　（弘前市）川口泰英

評

永井さん、正に実感。そんな作業の中で死を徐々に受け容(い)れていく。前川さん、確かに。鋭い。中原さん、その補助線もありありと透けて見える？　佐々木さん、現代のネット空間の感動を問う、鋭い指摘。十首目川口さん、知ってました？

## 【馬場あき子選】　九月十八日

灯籠(とうろう)のひとつひとつに鹿が居て首ふり闇に消える夜詣り
（大和郡山市）四方　護

元気よく哺乳瓶から乳を飲む仔牛の耳の番号の札
（多治見市）野田孝夫

公園の木々を巡りて虫を捕る子の傍らにスマホ見る父
（福山市）倉田ひろみ

ひと房の粒にそれぞれ種ふたつありて明るき葡萄のみどり
（直方市）永井雅子

形良き茄子(なすび)実りて牛となる新盆の母迎えるために
（東京都）髙橋由美子

土に還るつもりで山に寝てゐしが気づけば海に浮かびゐる老木
（金沢市）前川久宜

☆最北の無人駅なる稚内抜海駅が町に点す灯
（札幌市）住吉和歌子

久米島の山暗さ増す八月や忘るべからず日本のソンミ
（横浜市）一石浩司

瞬きを忘れてしばし向い合う草取る我とカモシカの時
（盛岡市）藤田恵美子

卵産み蟬は静かに眠りをり街路の隅に薄羽根残し
（宮城県）檀原　渉

評　第一首は幻想的な奈良公園の夜景。灯籠の灯の色のやわらかさと鹿の存在が優雅。第二首では耳の番号が哀憐(あいれん)。第七首の駅名はアイヌ語で子を背負う意。近くの風景による名称。第八首は敗戦前後の久米島でおきた島民虐殺事件。

## 【佐佐木幸綱選】　九月十八日

コトボシは「小灯」なれど「コトボシ」と耳に憶えるちいさきランプ
（仙台市）佐藤牧子

美瑛へと向かう丘には美味(うま)そうな牧草ロール点々と在り
（京都市）後藤正樹

☆満月を与謝の海へと映しつつ伊根の舟屋は舟呑みねむる
（東大阪市）池中健一

近付きて車を揺らす知床のヒグマは餌をねだつてゐるらし
（札幌市）藤林正則

☆千万の葡萄のふさも作(な)すひとも安心院(あじむ)のあさは雲海のそこ
（大分市）岩永知子

山小屋へ向かう光と御鉢へと向かう光が朝まで続く
（甲州市）麻生　孝

仏壇に葭(よし)の欄間を手づくりし新盆を待つ独りの兄は
（仙台市）沼沢　修

デイケアに新入職員入ったらし4階隔離の我は会えねど
（川崎市）川上美須紀

左大文字大松明(おほたいまつ)の担ぎ手は去年(こぞ)担げざるを加へ二人で
（京都市）日下部ほのの

「昭和館を守れなくてごめんなさい」焼失直後の名画座館主
（北九州市）福吉真知子

評　第一首、古い語への興味と愛着を一首にした。「小灯」はコトボシ、コトモシなどと読まれ、江戸期からある古い語。第二首、旭川と富良野のあいだにある美瑛町。「美味そうな牧草ロール」のユーモアが楽しい。

## 【高野公彦選】　九月十八日

☆千万の葡萄のふさも作すひとも安心院のあさは雲海のそこ
（大分市）岩永知子

戦没者三百十万人の死のどの死にもある生のはじまり
（神戸市）松本淳一

オンラインでは運べない小麦積み海の道ゆく船のおおきさ
（仙台市）佐藤牧子

「青春18きっぷ」で乗りし線いくつさびさびと見る赤字路線図
（川崎市）上山暢子

一期目の民生委員の三年に八人見送り二期目を迷う
（観音寺市）篠原俊則

菜園の余剰作物持ち歩く妻はわらしべ長者なりけり
（長野県）千葉俊彦

仕事終え氷浮かべた麦茶飲む反省したり立ち直ったり
（富山市）松田梨子

秩父嶺（ちちぶね）を望む畑が潰されて巨大モールと変わる寂しさ
（熊谷市）飯島　悟

同じこと2回言うのが母の癖2度目を聴くのは娘の務め
（吹田市）尾崎桜子

「もう少し歩きなさい」と秋風に言われて次のポストをさがす
（郡山市）寺田秀雄

**評**　一首目、難訓地名として知られる安心院の町（現宇佐市）の魅力的な風景。二首目、数字は太平洋戦争で亡くなった日本人の総数。その全ての死者たちに生の始まりがあった。三首目、やっと動き出したウクライナの輸送船。

## 【馬場あき子選】　九月二十五日

どもりじゃないふりをしているときの我はいつもの我より二割明るい
（光市）松本　進

☆ベッドから食卓までの二十五歩人生最後の通勤距離か
（岡山市）伊藤次郎

日本地図の赤く塗られた土地に住み占領下と知る十歳の夏
（東京都）内田三和子

☆「生き延びる事ができたらまた会おう」テレビ取材に微(ほほ)笑(え)む兵士
（五所川原市）戸沢大二郎

滑り込む球児にベース突かせぬと殺(さ)す白球にアウトの拳(こぶし)
（箕面市）大野美恵子

新涼や「山羊売ります」とふ立看板山羊のほほんと草を食みをり
（戸田市）蜂巣厚子

朝起きて経誦み木魚打ち鳴らす単一リズムのラベルのボレロ
（東根市）庄司天明

白河の関を越えゆく優勝旗時速三百二十キロにて
（富士市）村松敦視

コロナ禍でお墓に現地集合しお参り終えてすぐに解散
（横浜市）桜田幸子

行儀よく足折りたたみ皮脱ぎてカマキリそっと草むらに消ゆ
（つくば市）山瀬佳代子

評　第一首は発話障害を持つ作者の率直な自己評価。「ふりをしている」などユニークな表現が明るさを加える。第二首の二十五歩は「通勤距離」によっていっそう心に沁(し)みる。第三首は占領下の沖縄にあった十歳の少女期の自覚。

## 【佐佐木幸綱選】　九月二十五日

麻酔から醒めて見ている掛時計自分のものでなかった二時間
（高岡市）梶　正明

単身赴任の孤影を詠みしあの頃は幸せなりき健康なりき
（和泉市）長尾幹也

質問に応えるけれど答えない術を学べる国会審議
（西条市）村上敏之

地平線なき島に生く丘よりの水平線はゆるやかに円
（対馬市）神宮斉之

残暑の日路地を横切る青大将尻尾またいで用足しにゆく
（高崎市）小島　文

黒板の予定次々消されおり集う場所から追われるように
（松山市）矢野絹代

コロナゆゑ本堂に入るを許されず外面のテントに読経きゝみつ
（志摩市）田畑実彦

子らの声絶えて久しき廃校の体育館の屋根の青さよ
（福島市）阿曽昭三郎

廃鉱の村は緑に取り込まれ竹がトタンの屋根突き破る
（出雲市）塩田直也

葬儀社を待つ母の部屋は冷えて吾は形見となりしショールを羽織る
（東京都）村上ちえ子

評　第一首、麻酔をかけられていた作者には不思議な空白の時間である。第二首、過去になってしまった幸せ、健康。下句の感慨が切ない。第三首、「応える」と「答える」の決定的な差異。国会審議に取材してするどい。

## 【高野公彦選】　九月二十五日

夏素材ウォッシャブルのスーツ買う私と汗を流す相棒
（富山市）松田梨子

どや顔で夏がズズンと入り来ぬ宅急便にドア開けたれば
（鎌ケ谷市）大島悠子

水の星水害もあり刻々と砂漠化もある水の偏在
（流山市）須藤道雄

山上の池塘（ちとう）に浮かぶ泡（あぶく）から秋はひっそり現れ来たり
（神戸市）松本淳一

エレベーター無き四階に四十年　傘寿の妹病を知らず
（秩父市）畠山時子

☆ベッドから食卓までの二十五歩人生最後の通勤距離か
（岡山市）伊藤次郎

窓ガラスにはりつく守宮（やもり）の吸盤が五弁の白い花のごとしも
（春日井市）伊東紀美子

手術後の犬の歩行に付き添ひて昨日よりまた距離を伸ばせり
（村上市）鈴木正芳

朝市の「米なす百円」の売り声に今夜は田楽にわかに決まる
（帯広市）小矢みゆき

掃除して一晩寝かせ礼をしてレンジを置きぬごみ回収日
（さいたま市）斎藤宏遠

評　一首目と二首目、今年の夏の猛暑を深く刻み込んだ歌。でもウォッシャブルという言葉は涼しそう。三首目、水惑星とは言え、水が均等ではない悩み。四首目、秋の到来を小さな泡で感じたのが新鮮だ。池塘は湿地にある池沼。

## 【永田和宏選】　九月二十五日

「いくらでも女性は嘘をつける」と言い要職に就く　まだそんな時代だ
（町田市）村田知子

☆「生き延びる事ができたらまた会おう」テレビ取材に微笑む兵士
（五所川原市）戸沢大二郎

薊(あざみ)咲く画面一瞬振動しキーウ街道戦車通過す
（佐渡市）小林俊之

大根にも葱にも泥がついていた釣り銭のざるありし店先
（観音寺市）篠原俊則

こえじともよしとおもいし旗がいまこえむとするか白河の関
（横浜市）薄井良美

白萩を零して柩出されたり千羽の鶴の間に合はざりき
（東京都）長谷川　瞳

鳴くことでさびしさまぎらすひぐらしとさびしさ深めるひぐらしとがいる
（館林市）阿部芳夫

久々の息子(こ)への手紙は遺書めいて余白にとんぼ赤のクレヨン
（市原市）笠原英子

夏休みの宿題のように子は指を鳴らす練習今日もしており
（奈良市）山添聖子

「恋人」を「変人」と書くエピソードＳＮＳではまあ起こらない
（東京都）吉竹　純

評　村田さん、見識のない発言をする人間より、それを許して要職につける体質の方が問題だと。こんな発言に慣れてしまう社会が怖い。戸沢さん、恐怖や諦めなどを越えたような微笑みには、どこか崇高な哀しみが感じられる。

## 【佐佐木幸綱選】 十月二日

夏ゆけば風鈴さびし透きとほるガラスの中に風は鳴るなり
（直方市）永井雅子

この夏の最後のゴーヤ収穫しいきおい失せし株をねぎらう
（丸亀市）金倉かおる

カーボン紙使う手書きの伝票で電子化遠い小さな我が店
（豊橋市）加藤裕子

傘さして橋渡りくるそれだけで絵になる人のいる世は楽し
（鳥取県）表　いさお

マスクして演じる青春　文化祭に三年ごしの拍手をおくる
（立川市）石橋眞理子

軽々と朝ヨガこなす友人の動画に見入り一日終わる
（川崎市）松浦元子

深海の水母（くらげ）を食べに行き来する見かけによらずタフなマンボウ
（宇都宮市）渡辺玲子

極彩の幟（のぼり）八本遠藤の勝ち越し願い郷土にはためく
（石川県）室木正武

子どもらと折づる手向け祈りゐしゴルバチョフ氏の姿を偲ぶ
（和歌山県）市ノ瀬伊久男

翁長氏を悼みてくれしゴルバチョフ日本人の政治家よりも
（水戸市）中原千絵子

評　第一、第二首、過ぎゆく夏の余韻をうたって心に残る。そろそろ雲の色や形が秋めいてきた。第三首、報道では電子化を急ぐニュースばかりが取り上げられる昨今である。第五首、文化祭の舞台でもマスク姿なのだ。

## 【高野公彦選】　十月二日

世界葬もて送らんと希ふ（こひねが）ゴルバチョフとふ稀有なる人を
（日進市）土谷三津子

アオザイに菅笠かぶる案山子（かかし）かな実習生の卒業記念
（横浜市）一石浩司

編むという動詞の主語になれた日の九月の風は光をまとう
（奈良市）山添聖子

80のオフクロの足の爪を切る90のオヤジちょっといいじゃん
（横浜市）太田克宏

ウクライナの翻訳家いふロシア兵に読ませたい本「ビルマの竪琴」
（船橋市）大内はる代

防人（さきもり）の裾に取り付き泣く子らを今なお見たりウクライナの地に
（五所川原市）戸沢大二郎

ヘルシーで美味しいからと水団（すいとん）をリクエストする平成生まれ
（中津市）瀬口美子

魚たちに養われてるにもかかわらず人間は海にトリチウム流す
（いわき市）守岡和之

遺伝子の組み換えなきころ匙の背で潰して食べた苺うまかった
（アメリカ）大竹　博

北あかり、インカのめざめ、シャドークイーンじゃが芋界にもキラキラネーム
（三島市）渕野里子

評　一首目、世界平和に貢献した人への絶大な尊敬の念を歌う。二首目、ベトナムからの実習生が卒業記念に残したアオザイ。可憐（かれん）だが、風景の向こうに国際的な経済関係が垣間（かいま）見える。三首目、自分の著書を編んだ喜びであろう。

## 【永田和宏選】　十月二日

フルネームですらすら言える政治家の一人だったミハイル・ゴルバチョフ　（八千代市）砂川壮一

国葬でなくて良かったゴルビーに市民の列はバラを手向ける　（中津市）瀬口美子

国葬の次は山口県民葬造り出しそうな神社と銅像　（札幌市）土屋正人

送られる政治家よりも送ること決めし政治家の目立つ国葬　（観音寺市）篠原俊則

医師よりも絵描きになりたかったという茂吉描く絵の石の妖しさ　（仙台市）沼沢　修

新型のコロナウイルスの死者数にはあなたの「1（いち）」も含まれている　（新潟市）工藤紀子

指一本の入力なれどパソコンはわれと短歌をわれと世界をつなぐ　（和泉市）長尾幹也

若狭路に別れを告げて滋賀に入る花背峠の静かなる夏　（米原市）米澤一銭

大家さんに娘のように可愛がられけれど退居時の精算は別　（東京都）上田結香

悪茄子（わるなすび）屁糞葛（へくそかずら）に盗人萩（ぬすびとはぎ）　人間がそう呼んでいるだけ　（栃木県）川崎利夫

評　砂川さん、世界史に残る変革を成し遂げたゴルバチョフの死。政権には嫌われ国葬にはならなかったが、市民が心を込めて悼むのを喜ぶ瀬口さん。一方でわが国では、土屋さんの危惧も案外あり得るかもと思ってしまうのが怖い。

## 【馬場あき子選】 十月二日

ゆく夏にさよなら告げて挽(ひ)く豆はオータムブレンド今朝の珈琲(コーヒー)
（宇都宮市）手塚　清

被爆者の証言こそが抑止力になるとて今日もズームで証言
（アメリカ）大竹幾久子

こづかいを全部はたいて手に入れた新幹線を抱きしめて寝る
（鈴鹿市）樋口麻紀子

「時代ガチャ」あるかもしれぬバブル期の親を羨む子どものツイート
（観音寺市）篠原俊則

廻る肉鋭利な刃物で削ぐケバブクルドの民にまじりて食らう
（朝霞市）青垣　進

今朝秋の漓江(りこう)下りの船着場秋果に雑貨市の立ちけり
（小城市）福地由親

「若菜集」に初めて会いし青春の杜の都の高山書店
（仙台市）沼沢　修

庭の木を朝早くから物色す鳩の番(つがい)が巣を作らんと
（川越市）西村健児

容易には教壇に立てぬ新学期抗原検査の関所越えねば
（ふじみ野市）片野里名子

弟は二学期最初の授業には教科書・ノートを持たずに行った
（奈良市）山添　葵

評　第一首はきっぱりとした秋晴れを感じさせる爽やかな朝。好みのブレンドで挽いた珈琲豆への期待に心がはずむ。第二首は被爆者としての証言を広く世界に発信する大竹さん。第四首の「時代ガチャ」の表現にはなるほどと感銘。

## 【高野公彦選】 十月九日

竜田姫の白きおゆびが水にふれ風にふれ草木にふれて秋
（福島市）美原凍子

人生と呼ぶに足るべき時持たず二歳、三歳命失う
（沼津市）石川登喜夫

「人間はあずらなんだら死ねんのや」窪んだ目をした老女が言えり
（観音寺市）篠原俊則

十五夜の月を見上げる午前四時バイクを降りて手を合わせおり
（甲州市）麻生　孝

個人店また減りまた減りまた減りて離れ小島のようなわが店
（さいたま市）田中富子

銃撃はパンドラの箱開け放ち怪しき人らの暗躍を知る
（館山市）川名房吉

「とりあえずビール」の居酒屋ご無沙汰し家で毎日ごちゃまぜ飲みす
（伊予市）福井恒博

ノルマ無き一人暮らしに早朝のウォークで会ふ蟬、蛇、蛙
（坂戸市）納谷香代子

柚子坊の名があるんだね植えたてのレモンの苗木丸坊主にして
（横浜市）岡田紀子

☆しおりには原爆ドームを描いたのに修学旅行は延期になった
（奈良市）山添　葵

評　一首目、秋の静かな情趣を描いた味わい深い作。二首目、放置死や虐待死などで世を去った幼子を悼む。三首目、「あずる」は香川や岡山あたりの方言で「苦しむ、もがく」の意。四首目、新聞配達を業とする人の、月への拝礼。

## 【永田和宏選】　十月九日

フレミングの右手が試験会場にくるりくるりと花を咲かせる　（京都市）袴田朱夏

秋の陽が三角定規をあてながらすうっと斜めに射しこんでくる　（新潟市）太田千鶴子

シャッターを切りてもとても納まらぬ羅臼の海の風の手の平　（岐阜市）後藤　進

千奈ちゃんが水筒飲み干し見てたのは幼稚園の屋根秋の青空　（長野市）関　龍夫

夏のみに何回目とふ夏ありて今年七十七回目終はる　（焼津市）増田謙一郎

☆いつの日かゼレンスキー氏の背広着る日がくることを祈り待っている　（町田市）古賀公子

会見の総理の脇でひたすらに原稿なぞる秘書官の指　（西条市）村上敏之

いまの幸を噛みしめておけ数年後悪化のわれは「いま」に憧れん　（和泉市）長尾幹也

淡海の葦原揺らす風少しお届けしますお元気ですか　（大津市）阪倉隆行

吾の一首並ぶ頁に栞ひも置きて返却朝日歌壇二〇二一　（堺市）平井明美

評　袴田さん、フレミング右手、左手の法則というのがある。試験によく出るが、みんな手をかざして解いているのだろう。太田さん、後藤さん、どちらも印象深い自然詠。関さん、他にも痛ましい園児置き去り事件を詠(うた)った歌が多かった。

## 【馬場あき子選】　十月九日

サロベツの空の広がり果てもなし転がしゆけり牧草ロール
（札幌市）池　紀夫

洪水と旱(ひでり)の世紀難民の箱舟沈むと日々のニュースは
（オランダ）モーレンカンプふゆこ

☆いつの日かゼレンスキー氏の背広着る日がくることを祈り待っている
（町田市）古賀公子

赤い実がオオカメノキの葉の上に載ってひんやり初秋(はつあき)の森
（熊谷市）飯島　悟

静かなり隣家の池の牛蛙旅に出たとう大雨の夜
（川越市）吉川清子

助産婦の許状かざして喜びし産婆の母の笑顔忘られず
（東根市）庄司天明

束の間の遠き花火も消え果ててまた耐え難き病床の夜
（舞鶴市）吉富憲治

千奈ちゃんの空(から)の水筒脱いだ服身を守る術(すべ)使い果たして
（横浜市）毛涯明子

妹と買う色違いのワンピースこうしておばあちゃんになりたい
（富山市）松田梨子

☆しおりには原爆ドームを描いたのに修学旅行は延期になった
（奈良市）山添　葵

評　第一首は北海道西北部の大平原牧草地。思うだに広い無限の空の下で牧草ロールを転がす。はるかな思いにも照り翳り(かげり)がありそうだ。第二首は世界的に直面している洪水や旱魃(かんばつ)、さらには戦争や難民の問題。下句が重い。

## 【佐佐木幸綱選】　十月九日

いたちの子今日見てないねと夕食時本日初の夫婦の会話
（大和高田市）森村貴和子

見るための写真ではなく若者は見せる写真を幾枚も撮る
（観音寺市）篠原俊則

沖縄に暮らす娘がおくりくるフチャギの画像今日は十五夜
（鹿嶋市）大熊佳世子

艶やかに搗(つ)き上がりゆく新米の双手(もろて)に沁(し)みる温かさかな
（和歌山県）市ノ瀬伊久男

九つの熱気球消え秋空に番(つがい)の鳶の鳴き声聞こゆ
（熊谷市）内野　修

秋霖の残せる路次の潦(にわたずみ)　高く澄みたる朝空うつす
（流山市）阿武順子

文書けば会社勤めのくせが出る受身で書くな結論が先
（茂原市）山口明雄

焼けてます看板の前通り過ぎおいかけてくるお芋の香り
（今治市）気田由紀子

ゴムの樹がひとつ置かれただけなのにこころが和むスポーツクラブ
（札幌市）伊藤　哲

☆しおりには原爆ドームを描いたのに修学旅行は延期になった
（奈良市）山添　葵

**評**　第一首、年配の夫婦二人暮らしの「今日の初会話」。なかなか味のある話題。第二首、むかしは自分たちが見るためにカメラのレンズをむけたものだった。第三首、沖縄では十五夜にフチャギ（餅の一種）をお供えする。

## 【永田和宏選】　十月十六日

映画館に「気狂いピエロ」二度観た日ひざでセリフをメモったりして
（取手市）近藤美恵子

サンキューのあとも握手をしたあともお辞儀する我はまだ日本人
（アメリカ）大竹幾久子

国民の悲しみ嘆きの差を見たりセプテンバーの国葬二つ
（明石市）浅野伸子

原城へ一村あげて海わたる五島の民を照らせし十六夜（いざよひ）
（諫早市）藤山増昭

ふいに抱き寄せられてすぐ離されたおしろい花の香る夜道で
（東京都）村上ちえ子

哀しいね「学生街の喫茶店」君が私でなかったことが
（倉吉市）足立啓子

千奈ちゃんの献花台には花よりもペットボトルの多く並べり
（観音寺市）篠原俊則

☆テントから首だけ出せば中秋の月は穂高の乗越（のっこし）あたり
（神戸市）松本淳一

「かたみに」を形見として幾十年「互（かたみ）に」と知る蛍の光
（宇陀市）赤井友洸

目の前を回る寿司屋のカウンター　ケージの中で餌待つ気分
（菊池市）神谷紀美子

評　近藤さん、ゴダール監督のこの映画は衝撃だった。私もいくつかセリフを覚えている。大竹さん、嬉しいような哀（かな）しいような。浅野さん、好対照の国葬二つ。差は歴然。藤山さん、島原の乱で天草四郎らの籠城（ろうじょう）したのが原城だった。

**【馬場あき子選】　十月十六日**

日中の国交正常化五十年パンダは借りて生れては返す
（前橋市）荻原葉月

丈高き紫苑の花と七草など月夜に飾りき農夫の父は
（松戸市）猪野富子

鶏頭のとさか握れば若き日の命のごとき赤き弾力
（安中市）鬼形輝雄

遊泳の人に近づき咬むという海の汚染に怒るイルカら
（石川県）瀧上裕幸

目標はなにかあるかとケアマネにきかれて役に立ちたいと父
（長野市）原田りえ子

関口に芭蕉庵あり俳聖も上水工事に飯を食いたり
（東京都）野上　卓

ネクタイを少し緩めて古書街を歩けば秋の爽やかな風
（北名古屋市）月城龍二

☆人生を見直し恋も見直して夏を旅した友の話聞く
（富山市）松田わこ

沼べりのすすきが蝗（いなご）を養いてところどころをかじらせている
（館林市）阿部芳夫

稽古終へ汗の染みたる弓道着を洗ふ窓辺に茅蜩（ひぐらし）のこゑ
（伊勢崎市）木村あい子

評　日中の国交正常化から五十年。パンダが上野動物園に来たのも同年。それからの歴史を簡潔に言った第一首の下句。ワシントン条約によりしかたないが、何だかさみしい。第二首の下句が美しい。第三首の上句は異様で面白い。

## 【佐佐木幸綱選】　十月十六日

Zoomでは気づかなかった先生の研究室に並ぶサボテン　（吹田市）赤松みなみ

鮮やかな衣装も民のためと聞く「女王」へのギアガッと入れつつ　（長井市）大竹紀美恵

牛を飼い児を遊ばせし歌人の歌碑のめぐりはバス・ターミナル　（東京都）中澤隆吉

タイパなる言葉が広くはびこって歌からどんどんイントロ消えゆく　（滋賀県）木村泰崇

同僚の私物引き取る親御さん我は無言で車に運ぶ　（東京都）尾張英治

☆テントから首だけ出せば中秋の月は穂高の乗越あたり　（神戸市）松本淳一

サラームとおはようさんが混じり合い列伸びていく朝のバス停　（つくば市）山瀬佳代子

ハナという名の義母(はは)花園町に住み庭に数多(あまた)の花を育てる　（栃木県）川崎利夫

指先は書くから押すへ移ろひてポストを間引く時代哀しも　（岡山市）牧野恵子

母と観る試合は今年限りかも何とか勝ってくれタイガース　（本庄市）佐藤ゆうこ

評　第一首、オンライン授業がやっと終わって登校した場面だろう。第二首、エリザベス女王をうたった作が多くあった中の一首。派手目(はでめ)の服にスポットを当てた切り口が斬新。第三首、大正二年に亡くなった伊藤左千夫歌碑をうたう。

## 【高野公彦選】　十月十六日

さようなら未熟な留学生たちを育ててくれた国の女王様
（東京都）上田結香

家族葬の会館となる　若者の減りゆくまちの結婚式場
（観音寺市）篠原俊則

ことことと魚を煮つつ濁りゆく淋しき目にも煮汁をかける
（小牧市）白沢英生

八十歳ちかづき思ふ論語には「七十にして」の先なかりしを
（仙台市）坂本捷子

「アベ政治を許さない」のビラ部屋にまだ貼りしままなり法師蟬鳴く
（小美玉市）津嶋　修

☆人生を見直し恋も見直して夏を旅した友の話聞く
（富山市）松田わこ

ナポリタン撥ねないように食べるときちょっぴり思い出す人がいる
（吹田市）赤松みなみ

骨密度検査の数値アップして足取りかるく購う小（ミニ）さき花束（ブーケ）
（船橋市）佐々木美彌子

スクランブル交差点のごと乱れ飛び浜の夕陽にあきあかね消ゆ
（茅ヶ崎市）大川哲雄

穢れなき「じゃんけんできめる」短歌集いく度も読みて初心に帰る
（水戸市）加藤木よういち

評　一首目、英国に留学していた時を思いつつ亡き女王への感謝の念を歌う。二首目、若者の減少に歯止めがかからない現実の厳しさ。三首目、生き物の命をいとしむ気持ちがにじむ。四首目、孔子も長寿社会は予測できなかった？

## 【馬場あき子選】　十月二十三日

「丁寧に」「真摯に」「重く」意味のなき枕詞(まくらことば)の生れし国会
（観音寺市）篠原俊則

東大寺の注連縄(しめなわ)となる稲を刈る宇佐のわらべら利鎌(とがま)をもちて
（大分市）岩永知子

作り手の名前入りなる今年米草の香のして炊き上りたり
（東京都）長谷川　瞳

特権を辞してデビッド・ベッカムは弔問の列に一日(ひとひ)を捧ぐ
（川崎市）寺尾和仳斗

南国に帰らなかった青鷺と共に老いなん北国の秋
（オランダ）モーレンカンプふゆこ

女性には持たせることはできないと重い荷を持ち徘徊する人
（川崎市）川上美須紀

うとうととして顔に置く古本の神保町の匂い脳に染み入る
（安中市）鬼形輝雄

嵐去り鳩が入りきて出てゆかぬ俺と鳩との共同の店
（秩父市）淺賀信太郎

喰べかけの這松の実を取りにきし星鴉(ほしがらす)われをちらりと見たり
（北海道）髙井勝巳

マスク外した君うっすらと髭のあり藤井君からさんになりたり
（川崎市）稲田テツ子

評　第一首の枕詞は口調を整えたり、次にある言葉を修飾したりする慣用語。この歌にある括弧内の三語は国会答弁で耳たこの無力語だ。第二首の東大寺注連縄になる稲わらは、宇佐八幡から守護神を迎えた縁あって宇佐から届く。

## 【佐佐木幸綱選】　十月二十三日

年だからと行かせてくれぬ茸(きのこ)採りマッタケ呼んでるあの松林
（弘前市）永井一喜

夏過ぎて犬が布団に飛び入った今日が私の秋の始まり
（枚方市）坊　真由美

妻の押すモップ家中めぐり来てとどのつまりはわが脚を掃く
（長野県）千葉俊彦

記憶から消されることを拒みゐる楕円の道の競馬場跡
（多治見市）野田孝夫

漕ぎ手たちボートを肩にひょいと持ちタッタと歩む光る水辺に
（小松市）沢野唯志

☆イジュームに四四七本の番号だけの十字架の立つ
（西海市）山本智恵

秋空に勝鬨橋(かちどきばし)の跳ね上がる姿を見ずにはや半世紀
（横浜市）徳元てつお

「売ります」の看板かかる箱形の鳩舎の横にレース用とあり
（佐倉市）塩田真知

雨上りの朝にふはりと訪れし黄蝶のじかんと私の時間
（仙台市）小室寿子

車椅子なれども街の賑わいと別れたくなし駅に振り向く
（和泉市）長尾幹也

評　第一首、何十年も松茸(まつたけ)狩りを楽しんで来られたのだろう。駄々っ子のような文体が楽しい。第二首、誰もが独自の季節感を持つべきなのだろう。近年情報をそのまま受け入れて、気象関係のことを自身で判断できなくなってきた。

## 【高野公彦選】　十月二十三日

柳条湖この三文字がどこにもない「九・一八」の日本の新聞
（薩摩川内市）川野雄一

三年生最初で最後の文化祭映え（ばえ）スポットに自撮り待ちの列
（ふじみ野市）片野里名子

泊まりがけ修学旅行復活し娘の心配パジャマとドライヤー
（北九州市）福吉真知子

感動と興奮とうに過ぎたころ明るみに出る五輪の遺産（レガシー）
（横浜市）人見江一

寂しさをどこかへ仕舞いたくなって穴深きシフォンケーキを買いぬ
（奈良市）山添聖子

向日葵（ひまわり）と秋桜（コスモス）並んで咲く小道ここまでは夏ここからは秋
（気仙沼市）及川睦美

野辺に咲く屁糞葛（へくそかずら）の可愛さよ牧野博士に苛（いじ）められても
（可児市）田上勇嗣

「国葬」に税払わされる国民は密なる別れ「家族葬」でする
（交野市）遠藤　昭

お弁当づくりは小さな箱のなか美味しい平和をとじこめること
（横浜市）小林瑞枝

息子には「そうだね」と言い夫には「どうして」とつい返してしまう
（三鷹市）大谷トミ子

評　一首目、太平洋戦争に繋（つな）がる事件が忘れられてゆく危惧の念。二首目と三首目、コロナ禍に大きく影響され続けた三年間だが、少しずつ変化も見え始めた。それにしても「最初で最後の文化祭」とは気の毒な三年生だ。

## 【永田和宏選】　十月二十三日

診る人も診らるる人も卒寿越え秋の日差しの優しき窓辺
（村上市）鈴木正芳

闘病の友の絵ハガキ赤まんま「さよならまたね」添え書き悲し
（神奈川県）吉岡美雪

国葬といふより真の国民葬なりき女王を悼む人の出
（名古屋市）三好ゆふ

在任の長さではなく敬愛の深さの違いを思う国葬
（観音寺市）篠原俊則

友達と戦争ごっこ「戦争」はそれしか知らぬ団塊世代
（筑紫野市）二宮正博

☆イジュームに四四七本の番号だけの十字架の立つ
（西海市）山本智恵

予備役の兵三十万に命下すその動員に自身は含まず
（石川県）瀧上裕幸

辺野古への四度目のノー知事再選政府はコメント控えるとのみ
（水戸市）中原千絵子

妹の煮込み料理に癒される社会人そりゃ色々とある
（富山市）松田梨子

二学期の席がえとなりの男の子お道具箱にバッタはいない
（奈良市）山添　葵

評　鈴木さん、医師も患者も共に卒寿越え。長閑（のどか）なひと時だが、高齢化社会の縮図でもある。吉岡さん、同じ言葉が重い響きを持つことも。三好さん、彼我の国葬の差は歴然としていたが、英国版はまさに国民葬と言うに相応（ふさわ）しかった。

## 【佐佐木幸綱選】　十月三十日

地球儀の陸地を区分する線に人の争ふ来し方が見ゆ
（尾道市）堀川　弘

食鉄（たべてつ）の人気ランチは零余子（むかご）飯ほくほく線は野趣も味はふ
（取手市）武村岳男

ニュースより先に伝わる山火事の煙の匂いはげしき夕べなり
（アメリカ）ソーラー泰子

銃弾がベールを破って政治家の浅ましき実態さらけ出したり
（横浜市）森　秀人

秋晴れに国葬やめろのデモに行き「こんな人たち」の仲間入りする
（東京都）矢野公和

子供等の巣立つにつれてペット等の増えるこの町国の縮図か
（熊本市）柳田孝裕

猪木さん死んじゃったよと泣きじゃくる闘魂ビンタもらっていた甥
（東京都）三神玲子

☆カラーテレビがついにわが家に来た夜に出たぞ猪木のコブラツイスト
（西条市）村上敏之

トップには円楽死去のニュースあり襲名統一果たせぬままに
（須賀川市）伊東伸也

☆モーツァルト続けて5、6曲弾けば見えない羽が背中に生える
（富山市）松田わこ

**評**　第一首、ロシアのウクライナ侵攻で、陸続きの各国家間のきびしい現実が浮かびあがった感じがする。第二首、ムカゴ飯がなつかしい。第七〜第九首、今週は、アントニオ猪木、三遊亭円楽追悼の作がたくさんあった。

## 【高野公彦選】　十月三十日

年古りても大切な若き友三人アンとアンネと草原のローラ
（松山市）大塚千晶

瓢箪（へうたん）は軒にな植ゑそ実の生（な）ればひよらひよらと心も揺る
（枚方市）秋岡　実

☆モーニングコーヒー淹れてるその最中わが家の上空ミサイルが飛ぶ
（五所川原市）戸沢大二郎

ばらばらと空のくずれる音がして我の頭上をオスプレイ飛ぶ
（三郷市）木村義熙

写真映えするとろふわのオムライス食べつつ食べたい母のオムライス
（富山市）松田梨子

遺骨なき戦死の祖父の墓終い拳のような石を掘り出す
（寝屋川市）今西富幸

世論（せいろん）が二つに割れてなほ実施されし国葬　彼岸花咲く
（横浜市）松村千津子

☆モーツァルト続けて5、6曲弾けば見えない羽が背中に生える
（富山市）松田わこ

ただいまと言える書店が閉店し駅前が消え新幹線来る
（札幌市）港　詩織

☆遠足でじょう水場の地下へ行く電気はついたけどこわかった
（奈良市）山添聡介

評　一首目、今なお『赤毛のアン』『アンネの日記』『大草原の小さな家』の主人公が大好きなのだろう。二首目、「軒にな植ゑそ」は「軒に植えるな」の意。下句がユーモラス。三首目、先日ひやりとさせられた北朝鮮の飛翔体（ひしょうたい）。

## 【永田和宏選】　十月三十日

風合瀬とふ美しき名の駅にあり海に没る日の最後の光
（東京都）嶋田恵一

母恋とう駅の名きけばはるかなり母と訪いたる室蘭の地よ
（恵庭市）五十嵐容子

☆カラーテレビがついにわが家に来た夜に出たぞ猪木のコブラツイスト
（西条市）村上敏之

猪木馬場茶の間にプロレス流れてた昭和は二つ前の元号
（尾道市）森　浩希

世論もし賛成優勢だつたらと背筋の冷ゆる国葬なりき
（我孫子市）松村幸一

総理から言い訳ばかり聞かされていた気がします国葬前夜
（川崎市）後藤文彰

戻らぬと決めて双葉に墓参り十一年の歳月重く
（横浜市）角田英昭

コスモスと同じ背丈になった子とコスモスよりも高くなった子
（奈良市）山添聖子

一人分掘りて浸かりて谷間の川湯の秋をほしいままにす
（可児市）前川泰信

逝かないでゲルマンの孫帰ったよ将棋の駒もまだここに
（ドイツ）沓掛理絵子

評　嶋田さん、五十嵐さん、こんな地名に出会うと嬉しくなる。村上さん、森さん、アントニオ猪木が亡くなった。どちらも時代をよく捉えている。十首目沓掛さん、常連だった沓掛喜久男さんが亡くなり娘さんからの投稿。ドイツに住む孫を詠った歌も多かった。

## 【馬場あき子選】　十月三十日

「戦争の時代ではない」モディ首相のこの一言は重くせつない
（鳥取県）表　いさお

クルド人難民認定やっとひとりその経緯聞くクルド人らと
（朝霞市）青垣　進

辛き世を笑ひに変へてくれし人円楽が逝く夕暮れの寄席
（さいたま市）齋藤紀子

骨折の治癒せし犬の骨格も発掘さるる加曽利貝塚
（香取市）川崎寛美

温暖化の福島の海でトラフグの豊漁に沸く異変に戸惑う
（いわき市）守岡和之

アケビ採り化石を掘りし恐山霊も地獄も知らぬ子のころ
（浜松市）松井　恵

祖父と父向かいし碁盤取りだして古希の手習い始めた夫
（兵庫県）髙澤榮子

ヌヌさんはミャンマー出身コンビニでヤァと手を振るレジの新人
（東京都）清水真里子

☆モーニングコーヒー淹れてるその最中わが家の上空ミサイルが飛ぶ
（五所川原市）戸沢大二郎

☆遠足でじょう水場の地下へ行く電気はついたけどこわかった
（奈良市）山添聡介

評　第一首はインドのモディ首相のことば。まさにその通りだがどうにもならない今日。結句が苦しい。第二首の難民認定、ともに寄り添いかち取った作者だ。第三首、こんな時代に落語家の円楽師匠が逝った。よき笑いが大切な時代に。

## 【高野公彦選】　十一月六日

ほろ苦きデビューも初のパーティーもメガソーラーのパネルが覆ふ
（姫路市）箭吹征一

こころざし高き山根屋書店主の訃報の朝に彼岸花咲く
（長野市）細野正昭

涙にも声にもなれない感情を優しく逃がすための溜息
（吹田市）赤松みなみ

プーチンは「ヒロシマナガサキ」使いおり三度目脅（おど）す材料として
（観音寺市）篠原俊則

「詩が好きなんだ」とウクライナ民謡を歌ってた最晩年のゴルバチョフ氏よ
（葛城市）島田美江子

おかえりとごくろうさまがビタミンと日暮に気づく母なき家路
（長野市）内山明子

忘らるる寡黙の木へと戻りけり金（きん）を尽くせる後の木犀
（我孫子市）松村幸一

癌末期臥す弟の聴きし歌「時代」を我は今も聴きをり
（福山市）倉田ひろみ

引きつれてくる風ありて引きつれてゆく風ありて秋の雲ゆく
（館林市）阿部芳夫

☆ねりけしででんでんむしを作ったよ見てもらいたい人がいるから
（奈良市）山添聡介

評　一首目、ゴルフ場が廃業し、発電施設に変わるのも時代の流れで仕方ないけど……寂しい。二首目、頑張って個人書店を維持してきた沓掛喜久男さん（朝日歌壇の常連）への弔歌。第三首、溜息（ためいき）によって心のバランスを保つ。

## 【永田和宏選】 十一月六日

あたらしい土にうえかえしていますつかれた土は土にかえして
（新潟市）太田千鶴子

制服のふたりはやおら向かい合いマスクのままキス　暮れゆく駅で
（神戸市）鈴木まや

行列の献花とデモに割って入る機動隊にも国葬経費
（西海市）前田一揆

学業のビリは他人（ひと）には知られぬが〈かけっこ〉のビリは公衆の前
（横浜市）毛涯明子

この世より離れゆく時人は息を吐くのだろうか吸うのだろうか
（豊橋市）鈴木昌宏

曇天は一周まはれど曇天であはれ回転展望台は
（神戸市）松本淳一

悲しい詩をカードにしてみた使えないこの一枚の宛名は私
（オランダ）モーレンカンプふゆこ

☆草むらにばさつと大き音のして雀鷂（つみ）が小鳥を下げて飛び行く
（前橋市）荻原葉月

笑みもちて気象予報士がコツコツと棒で叩きし日本列島
（厚木市）北村純一

駅近く書店営み歌に生き沓掛喜久男氏逝きて閉じたり
（長野市）栗平たかさ

評　太田さん、植木鉢からの移植。「つかれた土は土にかえして」がいい。ひらがな書きも。鈴木さん、ドラマの一シーンのような光景に息を呑（の）んだのだろうか。いいものを見たとも。前田さん、12・4億円の経費がこんなことにも。

## 【馬場あき子選】　十一月六日

葉書にも値上げの波がやって来て前島翁の出番が増える
（尾道市）森　浩希

サークルを無断欠席した我に安否確認電話あり嬉し
（須賀川市）近内志津子

ひと房の葡萄を卓のまんなかに帰省子とふたり久しぶりなり
（江田島市）和田紀元

手料理は妻の伝授と笑う友遺影と共に汲む月見酒
（静岡市）小長谷建夫

先輩と飲めば仕事も人生も大変だけど楽しいと知る
（富山市）松田梨子

医療費が二倍になっても通院を止めたら命に係る宿痾（かかわ／しゅくあ）
（川越市）西村健児

大臣の狡さをたっぷり見せられてうんざりと消すスマホのニュース
（長岡市）柳村光寛

明日また去年のやうに大根の種を蒔かうと妻に言ふ夕
（岐阜市）後藤　進

☆草むらにばさつと大き音のして雀鷂（つみ）が小鳥を下げて飛び行く
（前橋市）荻原葉月

☆ねりけしででんでんむしを作ったよ見てもらいたい人がいるから
（奈良市）山添聡介

評　第一首の葉書はいま六十三円。既に値上げされた額だが、昨今の値上げの波に不安が及ぶ。前島密は郵便制度の創設者で一円切手。第二首は欠席したサークルの丁寧な対応に感動。第三首は有島武郎の作品名を冒頭に情感を加える。

## 【佐佐木幸綱選】　十一月六日

あかときの闇の中から白鳥の鳴き声が降る第一陣だ
（酒田市）富田光子

対岸の家並（やなみ）は海に浮かぶごと見ゆるよ今朝は大潮なれば
（壱岐市）篠﨑美代子

長き坂の上に時間を重ねたる北の岬の修道院は
（函館市）中屋敷　歩

里山に笑いさざめく秋が来た地蔵と子等と揺れる烏瓜
（守谷市）堀　康子

快速の通過とともに雪虫はホームから消ゆ風を残して
（札幌市）田巻成男

すり減った消しゴムだけが残されて消された過去は丸まっている
（江別市）長橋　敦

街灯のかさに大きなパン載せて一休みする都会のカラス
（吹田市）中村玲子

勤めてた銀行の名もビルもなく跡地のホテルで同期会する
（東京都）清水真里子

おずおずとデイサービスの初日なり我が名呼ばれて心ほぐれる
（加須市）仲村梵良

物取りに入るわが部屋は犬くさし犬がふとんの中で寝ている
（東金市）山本寒苦

評　第一首、白鳥が飛来する季節である。夜明けの空に聞こえる声で「第一陣だ」と分かるのは、飛来地近くに住む作者ならでは。第二首、大潮の日の壱岐の島の不思議な光景。第九首、緊張する作者の気持ち、分かる気がする。

## 【永田和宏選】十一月十三日

俺の目を見て話せよと友だちが僕を僕から引っ張り出した
（可児市）前川泰信

馬籠峠の石を敷く道草の道馬追虫を探して歩く
（伊那市）小林勝幸

「青空」や「小鳥」を習う子らがいて秋の陽のさす習字教室
（丸亀市）金倉かおる

「赤帽」という生業のまだ在りて京都駅舎は木造なりき
（舞鶴市）吉富憲治

攻めること「軍事作戦」などと言い攻めらるること「テロ」と言い張る
（観音寺市）篠原俊則

「困ったらいつでも言って」のいつでもが分かっていたら困らないのに
（吹田市）赤松みなみ

この人に抱かれてみたいと思うのにそういう人は抱いたりしない
（筑紫野市）桂　仁徳

追憶といふ静かさの舟に居て心揺らせる秋の夜の酒
（岐阜市）後藤　進

最後から『蟬声（せんせい）』読みてすこしずつこの世の息を深く吸いゆく
（宮崎市）木許裕夫

☆けがをしたつるとかめがいた場合つるかめ算はどうなるのかな
（奈良市）山添聡介

**評**　前川さん、目を見て話そうとすれば、いやでも内部の自分を引き出さざるを得ない。そんな友の言葉に感謝。小林さん、金倉さん、誰にも覚えのある秋の日の景と、その郷愁。四首目も懐かしい木造の京都駅。「赤帽」覚えているなあ。

## 【馬場あき子選】 十一月十三日

亡き父が「よんでごらん」と買いくれし『アンネの日記』いま孫が読む
（町田市）山田道子

鉄工所にいずれはしたいと言いし父田舎の鍛冶屋のままで逝きたり
（川越市）西村健児

わが猫の腸内温度はかりゐる獣医の腕にあまた傷あり
（ひたちなか市）篠原克彦

☆駱駝、猫、蛙、飛蝗（バッタ）のポーズしてヒト科以外になるヨガ時間
（取手市）近藤美恵子

☆毛虫見たらキャーと言わずにこんにちは草刈りのアルバイト三日目
（富山市）松田わこ

麦ふみのできる喜びかみしめてサンバのリズムで大地をノック
（延岡市）片伯部りつ子

スマホする人が空間守らんと足にて小突く満員電車
（東京都）豊　万里

月山の秋の小さき吐息きく山の木通（あけび）の腹を割るとき
（仙台市）沼沢　修

りんご捥（も）ぐ農婦の側を悠然と羚羊（かもしか）過ぎる鳥獣保護区
（五所川原市）戸沢大二郎

☆けがをしたつるとかめがいた場合つるかめ算はどうなるのかな
（奈良市）山添聡介

評　第一首は『アンネの日記』をいま読む孫。作者が読んだ日とは時代感もかなり違う。お孫さんはどんな感想を持ったことだろう。第二首の父の志。これも時代が影響した挫折か。第三首、獣医さんの腕の傷にきびしい現場がみえる。

## 【佐佐木幸綱選】　十一月十三日

☆駱駝、猫、蛙、飛蝗（バッタ）のポーズしてヒト科以外になるヨガ時間
（取手市）近藤美恵子

新しき登山靴手に我が山の最後の靴かと初雪を待つ
（北海道）髙井勝巳

水族館のもぐもぐタイム秋鮭を頭から一気にトドは呑み込む
（札幌市）藤林正則

冬を越す小さき野鳥ら身を守るとエナガ・ヒガラら混群（こんぐん）組みおり
（松戸市）猪野富子

マスクして歌ふ音楽コンクール表情みえぬ歌声を聴く
（茨城県）渡辺たかし

修理から戻る愛車はパッチリと目を開け探す私のことを
（富山市）松田梨子

あごひげを伸ばしてみたら真っ白で浦島太郎と孫が喜ぶ
（宮崎市）太田博之

来年も着るかのように片付ける今年限りの夏の制服
（鈴鹿市）樋口麻紀子

猪が歩道を走り熊親子コンビニのぞく早朝の街
（新発田市）北條祐史

かすかなる音立てながら枯れてゆく蓮田にひとり弁当ひらく
（ひたちなか市）篠原克彦

**評**　第一首、楽しそうなヨガの時間。ラクダやバッタの目で見る部屋はいつもとちがって見えるのか。第二首、何足目の新しい登山靴か。長年、山に登ってきた人ならではの感慨。第三首、ダイナミックなトドのもぐもぐタイム。

## 【高野公彦選】　十一月十三日

この指に止まらなかった赤蜻蛉わたしは次の季節へ行くね
（吹田市）赤松みなみ

コロナ禍で面会できない代わりにと居室に増えた家族の写真
（横浜市）太田克宏

ながき夜の海馬（かいば）に図書館司書がいて閉架よりそっと貸し出される夢
（日進市）木村里香

傷つけしごとくにふかしゼレンスキー大統領の眉間のてじわ
（盛岡市）山内仁子

隣人が良寛さんやイエスなら「錠」もいらない「銃」もいらない
（京都市）前川宙輝

運動会の練習二時間あった日の体操服の白ぞ重たき
（奈良市）山添聖子

あのときの棋士の脳裏に何がある投了前に宙を見るとき
（南魚沼市）木村　圭

☆毛虫見たらキャーと言わずにこんにちは草刈りのアルバイト三日目
（富山市）松田わこ

行きつけの診察券を手がかりに博多駅から財布がもどる
（交野市）西向　聡

郡部校ばかりで教鞭執りし吾の四つの高校来春閉校
（五所川原市）戸沢大二郎

評　一首目、季節の移り変わりの捉え方が斬新。二首目、会いたくても会えない家族の写真が高齢者施設の各部屋に増えてゆく。悲しい光景。三首目、夢は脳の海馬にいる司書が深夜に閉架からそっと貸し出してくれるもの、と。

## 【馬場あき子選】　十一月二十日

道野辺にパチンコ店の廃墟あり流刑地のごとコスモスの咲く
（東京都）嶋田恵一

夢なのに母さんなんで惚けてる髪なで背をなで手の平なでる
（大和高田市）森村貴和子

種なしの味に慣れたるわが身には種ある柿の旨み沁み入る
（加須市）仲村梵良

☆掛け売り帳ありし頃には買い物に言葉があった人間がいた
（観音寺市）篠原俊則

☆茶の花を見た事のない高校の茶道部の生徒が茶園見に来ぬ
（所沢市）若山　巌

ひと任務終えた安堵を醸しつつ信号待ちをする消防車
（西海市）前田一揆

あいさつで藤井聡太が「節目（せつもく）」と述べし出典の「弁道話」読む
（東根市）庄司天明

酒呑みが酒をのまずに寝ると云ふそんな疲労も時にはあるさ
（久喜市）加藤建亜

このところ痩せし秋刀魚の淋しさよ天井となりて具の中にあり
（武蔵野市）中村偕子

☆ハロウィンが近づいたからま女図かんかりに二階のママ図書館へ
（奈良市）山添聡介

評　第一首はパチンコ店がなくなり、跡地にコスモスが咲いている空しい空間を流刑地とよんでいる。かつての関（かか）わりを思い立ち去りがたく見ているのだろうか。第二首の「なでる」という言葉の繰返（くりかえ）しが限りない愛を感じさせ夢以上だ。

## 【佐佐木幸綱選】　十一月二十日

サックリとサーモンフライの音がする黙食給食三年の秋
（知多市）髙田真希

☆茶の花を見た事のない高校の茶道部の生徒が茶園見に来ぬ
（所沢市）若山　巖

「ＯＬ」や「アフターファイブ」今私は使わない母の時代の言葉
（富山市）松田梨子

エントリーシートの中の武勇伝自慢らしいが親は心配
（吹田市）中村玲子

不便ではなかったことがＩＣの利便を知れば不便に変わる
（堺市）一條智美

お隣の猫四匹に凝視（みつ）められサッシの掃除丁寧にする
（久留米市）塚本恭子

ほろ酔いの時に言うなよ「飲み過ぎ」とあと一杯と決めていたのに
（伊予市）福井恒博

☆ほろほろと零余子こぼるる与謝峠丹後の里の秋は駆け足
（東大阪市）池中健一

☆掛け売り帳ありし頃には買い物に言葉があった人間がいた
（観音寺市）篠原俊則

ゆさゆさと揺れている枝を見上げれば胡桃をかかえたリスと目が合う
（気仙沼市）及川睦美

評　第一首、静かな「黙食給食」の教室。もう三年も続いているのだ。第二首、茶園を見学する茶道部員たち。彼ら彼女らの感想が聞きたい。第三首。近年の言葉の寿命の短さが話題になったのは、かなり昔のような気がする。

## 【高野公彦選】　十一月二十日

☆青森は上空通過のミサイルもウクライナでは通過などせず
（五所川原市）戸沢大二郎

喜びて喜び過ぎず努力して努力を見せず小平選手
（太田市）川野公子

頼りなくはたまた自在に揺れている見る時々のコスモスの花
（中央市）前田良一

かっぽ酒かっぽかっぽと注ぐ音に秋はきて居り高千穂の宿
（大分市）岩永知子

大鍋でいちじく甘煮コトコトと煮る音温し秋深まりぬ
（須賀川市）近内志津子

新婚のころよりもっと話してるほほえみ消えぬ遺影の君と
（大田市）安立　聖

父よりも長く生きている柿の木のこの柿の実が父の好物
（相模原市）石井裕乃

「侵攻に後悔はない」戦場に行かなくていいプーチンが言う
（観音寺市）篠原俊則

子ども時代最大の笑いをくれたのにもう笑えないドリフのビデオ
（東京都）上田結香

☆ハロウィンが近づいたからま女図かんかりに二階のママ図書館へ
（奈良市）山添聡介

評　一首目、通過ならマシだが、着弾する国は悲劇だ。二首目、長く活躍した小平奈緒選手への讃歌。三首目～五首目、秋のさまざまな興趣。六首目、亡き人と心を通わせる歌。十首目、ハロウィンが近づき、魔女図鑑で勉強する小学生。

## 【永田和宏選】　十一月二十日

「ちょっとだけ呑んでみるか」と病む妻に燗酒注ぎて霜月に入る
（舞鶴市）吉富憲治

人々の最後に妻の頬を撫でぬ棺蓋ふ時指（および）の背もて
（水戸市）檜山佳与子

手を当てず大あくびして草原のライオンの自由と孤独知る
（富山市）松田わこ

母の訃報うけて走りしあかときの「神足（こうたり）駅」は今もう無くて
（神戸市）松本淳一

☆青森は上空通過のミサイルもウクライナでは通過などせず
（五所川原市）戸沢大二郎

百年を経て建てらるる碑はやさし「大逆事件」の四文字に潮風
（大和郡山市）四方　護

結界の出入りは自由雪虫のひたすら浮遊世を憚らず
（札幌市）池　紀夫

☆ほろほろと零余子こぼるる与謝峠丹後の里の秋は駆け足
（東大阪市）池中健一

退職の日より伸ばせし髪ももう結ふほど伸びて気儘な暮し
（神戸市）池田雅一

幸せと感じたこともあったわね遠い昔の男（ひと）との暮し
（仙台市）小林京子

評　吉富さん、病んで楽しみの少ない妻に「呑んでみるか」と。「ちょっとだけ」が切ない。檜山さん、夫が「人々の最後に」そっと触れたのを目撃。「指の背」がいい。松田さん、私は選歌会で大あくびをする度、馬場あき子に叱られる。

## 【佐佐木幸綱選】 十一月二十七日

政治とは言葉なのだとしみじみとにれかむ野田氏の追悼演説
（水戸市）中原千絵子

酒に逝きし友の祭壇花あふれ「鯨の会」の名札ありけり
（行方市）額賀　旭

古平町歌棄橋にさしかかり思わず鼻歌やめにけるかも
（さいたま市）大浦　健

数十羽カラスの止まる川の辺の欅が平和語りそうなり
（小平市）栗原良子

若き日に置き忘れしが老いて今高橋和巳『邪宗門』読む
（八尾市）水野一也

山畑のソバも刈られて幾たびか霜の降る日に尉鶲くる
（伊那市）小林勝幸

電線の横切る彼方朝焼けに富士くっきりと冠雪光る
（越谷市）畠山水月

草場へと出て行く牛の点線が乱れて牧の一日始まる
（横須賀市）丹羽利一

川沿いの高層マンションそれだけがツンとしていて不機嫌そう
（横浜市）菅谷彩香

「見てごらんうろこ雲だよ」と指させば母はわたしの指じっと見る
（枚方市）小島節子

**評**　第一首、野田佳彦氏の安倍元首相への追悼演説。「にれかむ（反芻する）」という語が一首のポイント。第二首、「鯨の会」は「鯨飲」に由来するのだろう。「友」の人柄がしのばれる。第三首、地名にかかわるユーモアが楽しい。

## 【高野公彦選】　十二月二十七日

小さき指の破りし障子貼り替へて冬のはじめのひかり浄らか
（羽村市）竹田元子

美容院にてシャンプーをしたあとのマスクのひもの冷たさに冬
（奈良市）山添聖子

朴（ほお）の木は森一番に早寝するキングサイズの葉を敷きつめて
（札幌市）田巻成男

嫗（おうな）一人瓦礫の中に暖のため木片拾うウクライナの冬
（中津市）瀬口美子

満員の観客見つめる国立（こくりつ）でカマテカマテに怯（ひる）まぬジャパン
（甲州市）麻生　孝

☆ソロ活の充実のためランニングシューズ愛車に積んで出勤
（富山市）松田梨子

ライトもて漸（やうや）う見つけし邯鄲（かんたん）は機（はた）織る「つう」の哀しさに鳴く
（高崎市）宮原義夫

除染土の搬送ダンプの隊列が未だ絶え間なく常磐道走る
（いわき市）守岡和之

夫よりも長く仕えし姑を送りて寂し秋の夕ぐれ
（館林市）篠木かをる

自由なるノマド羨（とも）しとふるさとの墓守り人の兄がつぶやく
（仙台市）沼沢　修

評　一首目〜四首目、初冬の歌。ウクライナは北海道より北で寒さが厳しい。五首目、強豪オールブラックスのハカ（試合前の踊り）は「カマテカマテ、カオラカオラ」（私は死ぬ私は死ぬ、私は生きる私は生きる）と叫びつつ舞う。

## 【永田和宏選】　十一月二十七日

人が死に人が傷つく爆弾にきれい・汚いあるはずもなし　（石川県）瀧上裕幸

ロケットは平和利用にミサイルは戦争利用同じ技術で　（長崎県）中山のりお

この星にもともと無かりし国境を決めし時より戦争はある　（観音寺市）篠原俊則

一度だけ当たって砕けた青春の夢のかけらが落ちてる京都　（霧島市）久野茂樹

行かずとも行き先長くのこるもの例えば市バス「宇多野療養所」　（大和郡山市）四方　護

月今宵眩しきまでにブロンズの女陰を照らす秋の公園　（佐賀県）池田　覚

運動会引き直されし白線にトンボ止まりぬ翅を広げて　（つくば市）山瀬佳代子

秋の沼に一人釣糸垂らすひと動かぬ浮きを浮かせしまんま　（福島市）美原凍子

草紅葉雑木紅葉の裾野曳く池塘（ちとう）を囲むトロイデ火山　（小城市）福地由親

あの音はもう鳴ることはないのだな通夜会場の白いオカリナ　（浜松市）尾内甲太郎

評

瀧上さん、きれいな爆弾なんてある筈（はず）がないじゃないかと。中山さん、軍事民生双方に活用できるデュアルユース（両用）研究にはあくまで慎重にありたい。久野、四方両氏は青春時代の京都を。宇多野には結核療養所があった。

## 【馬場あき子選】　十一月二十七日

真っ先に唐招提寺を訪いくれし胡錦濤さん腕ひかれ退く
（大和郡山市）四方　護

母に抱かれ飢えに死ぬ子と虐待に愛をも知らず逝く子の世界
（沼津市）島田真幸

庭の木に抱卵しているキジバトは家族のようなり老夫と見守る
（松戸市）猪野富子

乗るものも乗られるものも高齢者団地タクシー三輪車ゆく
（静岡市）篠原三郎

画面からコロナ専門医消えロシア政治専門家出番に移る
（船橋市）佐々木美彌子

珈琲のセールを待てば再値上げ蹌踉（そうろう）として買い溜めに行く
（藤沢市）朝広彰夫

雪纏（まと）ふ羅臼岳背に帆をあげてシマエビ漁の打瀬舟（うたせぶね）ゆく
（札幌市）藤林正則

白鷺が小首傾（かし）げて立ち尽くすへどろ混じりの水面睨みて
（川越市）西村健児

いつ逝ってもをかしくはないが口癖のシベリア帰還の僧は百歳
（東根市）庄司天明

☆ソロ活の充実のためランニングシューズ愛車に積んで出勤
（富山市）松田梨子

評　第一首の唐招提寺は唐の高僧鑑真が晩年を過（す）ごした寺。日本に根づき敬される鑑真の寺を一番に訪れた人への哀惜。第二首は母の愛があっても飢えに死ぬ子と無慈悲な虐待に死ぬ子。このような現実の中に思う今日の問題に苦しむ。

## 【高野公彦選】　十二月四日

排泄に入浴食事にかけ回り机パソコン介護士になし
（横浜市）太田克宏

この地球がひとりぼっちじゃないんだと教えてくれる星空が好き
（佐渡市）藍原秋子

現世には修行のために来てるのでどんな苦労も私は耐える
（三郷市）木村義熙

封書にて「サヨナラダケガ人生」の言葉を添えて賀状を止めぬ
（亀岡市）俣野右内

梨泰院（イテウォン）の雑踏に知る生き物の体の重さも凶器となること
（観音寺市）篠原俊則

☆山を行き紅葉を行けば奥志賀の猿に会ひけり猿の家族に
（熊谷市）内野　修

☆金色の折り紙二枚でお願いをきいてくれますとなりの男子
（奈良市）山添　葵

コンビニでカフェオレを買う者どうし頑張れビームを送り合う夜
（吹田市）赤松みなみ

愛犬の左前脚と吾が右手「お手」が成り立つ等しい力
（相模原市）石井裕乃

☆アゲハチョウのむしゃむしゃ五郎のえさがないレモンの葉っぱをだれかください
（奈良市）山添聡介

評　一首目、机やパソコンに向かう暇もない介護士の仕事の忙しさ。二首目、三首目、どちらも物の見方が独特で面白い。四首目、カッコ内は有名な井伏鱒二の訳詩の中の言葉。十首目の「むしゃむしゃ五郎」は蝶の幼虫の名前だろう。

## 【永田和宏選】　十二月四日

いつまでも生きてと云はるる「迄（まで）」といふ人のいのちの限り示され
（西条市）村上敏之

自主返納すませた証しに穿（うが）たれたまるい孔（あな）あくわが免許証
（東京都）松本知子

頑丈な建物はなし地下もなしカーテンを引くＪアラートに
（新潟市）太田千鶴子

比喩としてかなしいまでに言ひ得たる「群衆雪崩」誰が名付けし
（菊川市）後藤悦良

足跡のついた衣服や血のついた靴をカメラは執拗に追う
（観音寺市）篠原俊則

知りません覚えていません分かりませんそんな政治家もういりません
（岡山市）伊藤次郎

母の骨花の青色しみついて美しかった六月の午後
（埼玉県）高柳　茂

何人が餓ゑず凍えず過ごせるかあのミサイルの一発分で
（水戸市）檜山佳与子

一年に三十八ミリ離れゆく月をこの世の隅に見ている
（多摩市）谷澤紀男

子に髪を洗ってもらう言うことをよくきく大型犬の気持ちで
（奈良市）山添聖子

評　村上さん、励ましとして言われる「いつまでも」の「迄」に、命の終わりを考えてしまうわが老いの身。松本さんは、くっきりとあいた孔に人生の一区切りを強く感じた。太田さん、Ｊアラートが鳴ったってどうすればいいの、と。

## 【馬場あき子選】　十二月四日

君もまた実朝みたいに心には出航できぬ朽ちた船持つ
（出雲市）塩田直也

爆風に押し曲げられた鉄鍋の説明を読む小六二人
（富士宮市）鍋田和利

眉あげてたける力士の伎楽面マスクしながらガラス越しに見る
（箕面市）大野美恵子

草の実や枯れ葉を全身巻き付けた犬と転がる秋真っ盛り
（枚方市）坊　真由美

野生馬に追いかけられて先生と必死に逃げた秋の遠足
（平塚市）秋濱泰子

障害を持ちし息子は街角で職務質問二度も受けたと
（秋田市）高橋りか

大根の汁で新蕎麦すするとき至福と思う山形の秋
（仙台市）沼沢　修

郵便受けに越年蜻蛉たまりゐる大雪山麓はつ雪の朝
（北海道）髙井勝巳

☆金色の折り紙二枚でお願いをきいてくれますとなりの男子
（奈良市）山添　葵

☆アゲハチョウのむしゃむしゃ五郎のえさがないレモンの葉っぱをだれかください
（奈良市）山添聡介

評　実朝は渡宋の志を抱いて大船を建造したが進水できなかった。今の若い世代には共感の思いもあるだろう。第一首にはそうした状況への思いやりが深い。第二首の爆風の場は戦争か事故かわからないが小六二人の真剣な姿に感銘。

## 【佐佐木幸綱選】 十二月四日

すじ雲を見ながら帰る「ごめんね」と言えた娘の頭をなでて
（鈴鹿市）樋口麻紀子

足早な修行僧等とすれ違ふ大本山に冬の足音
（戸田市）蜂巣幸彦

ササ原のうねりのなかにひそみけり大台ケ原の一本たたら
（神戸市）松本淳一

草履から運動靴に履きかえて羽織袴の孫は駆け出す
（つくば市）山瀬佳代子

ミサイルに電車の止まる北海道われの気分も緊急停止
（札幌市）住吉和歌子

道端にごろんと一匹スズメバチこんな終わりも有りかもしれぬ
（匝瑳市）木村順子

☆山を行き紅葉を行けば奥志賀の猿に会ひけり猿の家族に
（熊谷市）内野　修

公園の垣根に蛇の脱ぎ捨てし網目模様に秋の日光る
（福島県）平野明子

倶梨伽羅の峠越えきて息つげば柿もぐ人の柿をくれたり
（柏市）正野貴子

ひとり逝（ゆ）くひとのある世に千のひと集（つど）ひし猫駅長の葬儀
（南相馬市）水野文緒

評　第一首、「ごめんね」がなかなか言えなかった娘と母をクローズアップ。どこからの帰りなのか。第二首、寒さの中を足早に歩く修行僧たちが目に見えるようだ。第三首、「一本たたら」は一つ目で一本足の姿の妖怪という。

## 【永田和宏選】十二月十一日

俺以外客はいなくてマスターと外まで見に行く皆既月食
（国立市）佐藤　建

きょうだいは交代で月と太陽になりて教えてくれる月食
（奈良市）山添聖子

信長より四四二年ダブル食この地球（ほし）いまも戦い多し
（高松市）河端　豊

日の丸の上下左右と裏おもて真剣にして不毛の議論
（相馬市）根岸浩一

戦場に月面、南極、エベレスト、お子様ランチに掲げる国旗
（新潟市）太田千鶴子

まだ生きて子はたたかうか月白く凍る窓辺にウクライナの母
（大和郡山市）四方　護

はつふゆの障子に映る裏庭の椿の葉影の柔らかな揺れ
（周南市）香川　文

☆聞こえてるようで聞こえず聞こえないようで聞いてる恩師を囲む
（岐阜市）木野村暢彦

人間にそれはないよと言いたいよね「狐の狡猾狸の迂闊」
（仙台市）二瓶　真

補聴器が欲しいと夫は言うのだが聞かせたくない愚痴もあるので
（東村山市）さいとうすみこ

評　皆既月食の歌多し。その時刻私も飲んでいたのだが、佐藤さんのように見に出られなかった。残念。山添さんの子供二人の熱演が微笑（ほほえ）ましい。信長も見ただろうという歌が多かったが、河端さんの一首を。二瓶さん、さいとうさん、いずれも笑える。

## 【馬場あき子選】 十二月十一日

皆既食の月もどるまで見とどけてまだ欠けているわたしのどこか
（東京都）浅倉　修

乳牛の雄の仔牛（こうし）は百円に買い叩かれる秋の競り市
（観音寺市）篠原俊則

日本で生まれ学校に行き学ぶクルドの子らに働く道無し
（朝霞市）青垣　進

ウクライナの子がプーチンを柔道で倒した絵描きしはバンクシーらし
（いわき市）守岡和之

東慶寺に小林秀雄の墓訪へば誰ぞ供へしや向日葵ありぬ
（豊岡市）玉岡尚士

山裾へ続く刈田をぬらす雨眺めつつ思ふソマリアの飢餓
（岡山市）金光裕子

歌詠めど他は何もせぬ我の知る日本人志願兵の死
（五所川原市）戸沢大二郎

茶の花を差して楽しむ身となりぬ茶摘みの喜び心の奥底
（飯田市）草田礼子

初デート当時の妻は学食でどんぶりを持ちカツ丼喰（くら）ふ
（戸田市）蜂巣幸彦

ハッカ出るまで罐を振る懐しきサクマ式ドロップは昭和の甘さ
（東京都）長谷川　瞳

評　第一首の作者は月食が回復してゆくプロセスに、その内面的な求めを重ねつつみていたのだろう。下句にその思いがある。第二首の雄の仔牛の命の値段はあまりに無残。この牛はその後どうなるのか。第三首の下句も厳しい現実。

## 【佐佐木幸綱選】　十二月十一日

月蝕を無事終えし朝ゆったりとほほえむように月沈みゆく
（埼玉県）中里史子

荷風読み独り飯食う夕暮の淋しきことは子らに語らず
（姫路市）中塚裕久

叫び声あげて重機に立ち向かふ昭和時代のビルの鉄骨
（札幌市）伊藤　哲

事故のたび新しき言葉知らされる「群衆雪崩」や「高所平気症」
（熊本市）柳田孝裕

☆聞こえてるようで聞こえず聞こえないようで聞いてる恩師を囲む
（岐阜市）木野村暢彦

頼朝の足元作る菊師あり秋の陽差しに半纏眩し
（東京都）浅賀裕子

ミサイルやドローンが飛び交う戦争は焼夷弾（しょういだん）からの愚かな進化
（三鷹市）山縣駿介

唯一の救いは死刑の命令を一度も下さず辞めたりしこと
（観音寺市）篠原俊則

新聞のアンビバレントなドローン記事「農家を救う」「兵士を殺す」
（出雲市）塩田直也

アクセルを踏めば会いたさ加速して次の次まで信号も青
（徳島市）今津　桃

評　第一首、今週は月食の歌がたくさんあったが、翌朝の月に取材したのはこの作だけだった。第二首、一人住まいの寂しさをうたって余韻ある作。永井荷風は晩年ずっと一人暮らしだった。第三首、「鉄骨」を主語にして新鮮。

## 【高野公彦選】　十二月十一日

庭に出で初めて妻と空を見る金婚の秋ほの赤き月
（大和郡山市）四方　護

八千歩歩いて病と闘えば月の欠けゆく夜に出逢えり
（秦野市）三宅節子

ミサイルの飛び交ふ地球が太陽を遮り月を赤黒く染む
（鎌倉市）下田和夫

ロシアでもウクライナでも母たちの本音はきっと死ぬな殺すな
（京田辺市）藤田佳予子

五兆もの軍備費つかってミサイルの通過の有無さえ誤認のこの国
（福島市）澤　正宏

軍艦の音波がイルカを殺すとぞ最たる環境汚染は戦争
（京都市）森谷弘志

両の手をこすり温め患者看る奥秩父診療所の老医師
（秩父市）畠山時子

栗拾い終われば銀杏(ぎんなん)拾いあり縄文時代の女のように
（安中市）岡本千恵子

ヒバの葉に載せて届きし松茸は山に入りたる友の息災
（我孫子市）千代島ぬい子

巨漢たおした小(ち)さき力士の笑む顔が良薬という車椅子の義母
（茅ヶ崎市）大川哲雄

評　11月8日の皆既月食は多数の人々を楽しませた。一首目、初めて妻と一緒に月を見る新鮮さ。二首目、病克服のために夜歩いていると、天から珍しい贈り物。三首目、月面を赤黒く染めているのは、地球という不吉な天体。

## 【馬場あき子選】　十二月十八日

ぼくにだけ朝の光は重たくて明日はザムザになりそう、ごめん。
（知多市）佃　尚実

てふてふが渡つて行つた韃靼の海峡にいまミサイルが飛ぶ
（国立市）酒井良一

白人のカップルの弾く駅ピアノ終われば笑顔口づけ交わす
（対馬市）神宮斉之

クリスマスの電飾の町検索し助手席に乗る相手を探す
（市川市）をがはまなぶ

満員の電車来たりて背のリュックくるりと前に回すひとたち
（東京都）渋谷敬子

ぬばたまの星空走りひた走り天王星は月のピアスに
（広島市）楯田順子

引揚者が命つなぎし開拓の段々畑にあふれる芒（すすき）
（西海市）前田一揆

りんご箱二十五箱の遺骨出づ天明飢饉の村の犠牲者
（五所川原市）戸沢大二郎

耳鳴りを波音で消し本を読む吾の片方（かたえ）に夫はハゼ釣る
（広島県府中市）内海恒子

半年待ち覚悟で新車注文もまだ乗る気かと妻は言い出す
（川崎市）赤木不二男

評　第一首はカフカの『変身』の主人公ザムザがくらしと精神の苦悩から巨大な毒虫に変身して安らぎを得たことを背景に、自分のいまを諧謔（かいぎゃく）として軽くうたった。第二首は安西冬衛の詩句を上句に置き、ミサイルの不安をうたう。

## 【佐佐木幸綱選】　十二月十八日

ばきばきと団栗（どんぐり）を踏む頭上から鶲（ひたき）の笑い声降って来る
（南相馬市）水野文緒

小春日が居間の奥まで射しこんで居場所をなくす欠勤の午後
（知多市）佃　尚実

「しっかりと」「きちんと」「真摯に」普段からせぬ人なのか殊更に言う
（登米市）菅原小夜子

ウクライナの新聞記事に目が潤む浪江からいわきに避難してる吾は
（いわき市）守岡和之

「海軍さん」と呼びゐし老いら居なくなりそれよりいまはオリーブの島
（江田島市）和田紀元

三年振りに会へば息子は顎鬚を貯へピノッキオの爺さんのやう
（福島県）平野明子

寝室の曇り硝子の水滴に今年は犬の息も混ざれり
（富田林市）岡田理枝

ガーデニングに花木となるか暮るるまで薔薇の時間を生きるわが妻
（仙台市）沼沢　修

『床スベリますご注意！』と貼ってあるラーメン店へ命がけで行く
（延岡市）片伯部りつ子

☆お姉ちゃんがしゅう学旅行でいない夜いつもよりへやが寒くてしずか
（奈良市）山添聡介

評　第一首、秋から冬への季節を音声だけでとらえてみせた試みに注目する。第二首、日に日に低くなってきた秋の日差しを表現して、なかなか。第三首、質問を受けて国会で言い訳する政治家たちのだれもが口にする三語。

**【高野公彦選】　十二月十八日**

人をよぶほどに明媚な渡良瀬に立たせてあげたし田中正造　（堺市）丸野幸子

わたしにはわたしの海があることを涙の味が教えてくれた　（吹田市）赤松みなみ

武甲山から水を頂きその感謝山へと返す秩父夜祭　（秩父市）淺賀信太郎

ボケが来て言葉忘れていたならば「ありがとう」を吾に教えて　（高槻市）梅原三枝子

三歳の孫と八十三歳の母、共に言う「じぶんでできる」と　（大阪府）北浦万希子

夕飯は「アルモンデ」という料理よと冷蔵庫開け妻笑い言う　（春日部市）前川秀樹

食べてててもテレビ観てても指動きエアピアノ弾く明日は本番　（四街道市）山田麻衣

公園の路肩にトラック停め置いていつもの公衆便所へ走る　（生駒市）島田征二

メール良し手紙書かない若者と繋がっている楽しみのあり　（豊橋市）滝川節子

☆お姉ちゃんがしゅう学旅行でいない夜いつもよりへやが寒くてしずか　（奈良市）山添聡介

評　一首目、足尾銅山の鉱毒問題解決のため奔走した田中さん、いま渡良瀬川はこんなに浄化されましたよ、と。二首目、寺山修司の短詩「なみだは／にんげんのつくることのできる／一ばん小さな／海です」に唱和する短歌。

## 【永田和宏選】　十二月十八日

「ねえ、マコト」の二語に込めたる幾千の亡妻(つま)の心のひだ未解析
（仙台市）二瓶　真

計算して甘えてみても君のもつ鈍感力にはかなわないなあ
（西宮市）佐竹由利子

もう息は吸へぬ体になり給ふ父の顔には一枚の布
（東京都）東　賢三郎

おやここに公衆電話がまだありぬ銀杏落葉の明りを浴びて
（我孫子市）松村幸一

屈葬は胡坐のままに骨となる雲流れゆく北黄金貝塚
（札幌市）池　紀夫

雑魚群れを追う鵜もあれば雑魚群れを待つ鷺もあり川面きらめく
（舞鶴市）吉富憲治

日韓の首脳の挨拶通訳が本人よりも頭を下げる
（観音寺市）篠原俊則

田仕舞のけむり幾すぢ薩摩へとジャンボジェットは機首下げはじめる
（霧島市）久野茂樹

学校のレモン石鹸まだあるか網で吊るされ月照る中に
（名古屋市）水岩　瞳

☆お姉ちゃんがしゅう学旅行でいない夜いつもよりへやが寒くてしずか
（奈良市）山添聡介

評　二瓶さん、何か言いたい時の妻の最初の決まり文句。その意を十分汲(く)み取れなかった悔いが。佐竹さんは女性の立場から、こんなに甘えているのになんて鈍感なのと。東さん、「もう息は吸へぬ体」という死の現実(リアル)が悲しみとなる。

## 【佐佐木幸綱選】　十二月二十五日

雪近し新たに買いし長靴が直立不動で玄関に待つ
（豊岡市）玉岡尚士

ボケて名を思い出せないだけなのに旧友あわててマスクを下げる
（大阪市）木村彰子

日本中をピカピカにしたドイツ戦ボール蹴る子も頼もしきかな
（豊中市）藤井則彦

逆転し最後の笛まで十五分守り切ったな日本イレブン
（川崎市）小林冬海

リモコンのどこを押してもボール蹴る男ばっかり吾はジャズ聴く
（諫早市）麻生勝行

安倍さんの妻も悲しいだろうと言ふ赤木さんの妻無念を語る
（茨木市）瀬川幸子

バーボンを飲む夜は何故か「サッチモ」の濁声（だみごえ）恋し昔も今も
（舞鶴市）吉富憲治

一年に一度一月一日のために版画をわれは彫るなり
（八尾市）水野一也

☆徐行して別寒辺牛（べかんべうし）の枯れ野ゆく花咲線は初冬のひかり
（仙台市）沼沢　修

4回目のワクチン終えて実験のように自分を観察してる
（富山市）松田わこ

評　第一首、本格的な冬を迎える雪国の覚悟が分かるような一首。「直立不動」が印象的。第二首、マスクを題材にして、なんともユーモアが楽しい。第三～第五首、今週はサッカーワールドカップの歌が多くあった中の三首。

## 【高野公彦選】　十二月二十五日

聞く力聞いてる振りをする力聞くだけ聞いて忘れる力
（市川市）末長正義

大臣も国会議員も仕事中居眠ることができる生業（なりわい）
（観音寺市）篠原俊則

降りやまぬ枯葉轢（ひ）く音かそけくて車椅子ゆく今日モンタン忌
（横浜市）石井晴子

さよならはいつも小さく手を振ってそれもないまま大きなさよなら
（佐渡市）藍原秋子

仏には柿が似合うと言いし父遺影に供う岐阜よりの柿
（町田市）山田道子

艶めける炊きたての米ゆっくりと噛みしめて食ふ開戦の日に
（村上市）鈴木正芳

舞ひ終へしアイスダンスのカップルの荒ぶる呼吸画面が捉ふ
（つくば市）柳町健二

来年の落ち込む日々のために買う双子パンダのミニカレンダー
（横浜市）菅谷彩香

なりたかったおばあさんには程遠くけふも畑の草むしりする
（岩国市）木村桂子

昔むかしわれを泣かせし彼奴（あいつ）あて送りてみたき悪茄子（わるなすび）の花
（東京都）唐木よし子

評　一首目、「聞く」に関する「力」を分析したユーモラスで辛辣（しんらつ）な歌。二首目、これが「聞いてる振りをする力」のある人々。三首目、イヴ・モンタンの忌日は11月9日。四首目、「大きなさよなら」とは死別のことだろう。

## 【永田和宏選】 十二月二十五日

既読にはならぬ一首をまた送るエクモが繋（つな）ぐあなたのいのち
（東京都）平原洋子

手をつなぎミサイル発射見る少女パパ凄いねと聞こえた様な
（東京都）佐藤仁志

ネコを飼えばいいとあなたは言うけれどあなたのようなネコはいないわ
（仙台市）小室寿子

来世でも一緒になろうと約束の夫よトイレの電気は消して
（酒田市）富田光子

ねえあなた好きだったのねこのシャツがわたし着てるの袖をまくって
（高槻市）福原よし子

宮柊二魚沼の人魚野川（うおのがわ）越後三山夢に見し人
（東京都）庭野治男

☆徐行して別寒辺牛（べかんべうし）の枯れ野ゆく花咲線は初冬のひかり
（仙台市）沼沢　修

「晩香坡（ばんくば）」と呼ばれし頃に移民せし父偲びつつパウエル通り
（和歌山県）江﨑美智子

一生をGパン穿いて生きるのだと今も心はGパンのまま
（秩父市）淺賀信太郎

「皆既月食」地球に立てるわたくしの影も静かの海を渡りぬ
（取手市）近藤美恵子

**評**　平原さん、新型コロナの感染だろうか、エクモに繋がれたまま既読がつかない「あなた」を案じる。佐藤さん、金正恩と娘がミサイル開発者らとの記念撮影。そんな声も聞こえそうな写真だった。次の夫を詠った三首どれも面白い。

## 【馬場あき子選】　十二月二十五日

避難をとヘルソンの人ら送らるる香月泰男の黒いシベリア
（水戸市）中原千絵子

人権は平和な時代の言葉にて戦争となれば忽ち死語に
（筑紫野市）二宮正博

廃校のトーテムポールぽつねんと夕陽に赤き目をひらきをり
（米沢市）山下和枝

思い出の放課後はいつも茜色からんと落ちる高跳びのバー
（松阪市）こやまはつみ

退職か再雇用かの選択に妻新しき弁当箱買ふ
（姫路市）箙吹征一

起きてきた君の悪夢を聞きながら静かに頷くフロイトになる
（小牧市）白沢英生

オオワシとの衝突告げて処理にゆく花咲線の若き運転士
（仙台市）沼沢　修

引き延ばし更迭出来ぬ空しさよ自首のごとくに辞表書かせる
（岩手県）山内義廣

夜祭り果て三十万の人ら消え秩父の街は冬に入り行く
（秩父市）畠山時子

片すみに寄せられ売らるる理由（わけ）ありのりんごが先にはけてゆきたり
（宇都宮市）手塚　清

評　第一首の香月泰男は敗戦後シベリアに抑留され、帰国後シベリアでの捕虜体験を絵画に残した。ウクライナ人のロシアへの移送に不安な記憶が甦（よみがえ）った歌。第二首の下句はなるほどと思う。第三首は廃校の庭の明るいさびしさ。

# 朝日歌壇選者略歴

**馬場あき子**（ばば・あきこ）

　1928年1月28日、東京都生まれ。日本女子専門学校（現・昭和女子大学）国文科卒。窪田章一郎に師事。78年「かりん」創刊。同年から朝日歌壇選者。歌集『葡萄唐草』で86年迢空賞、『阿古父』で94年読売文学賞、97年毎日芸術賞、2000年朝日賞（作歌、著述活動と伝統文化継承にかかわる業績）などを受賞。日本芸術院会員、19年文化功労者。

　最新歌集『馬場あき子全歌集』（角川書店）。ほかに『鬼の研究』（筑摩書房）、『日本の恋の歌』（角川学芸出版）、『寂しさが歌の源だから』（角川書店）など。

**佐佐木幸綱**（ささき・ゆきつな）

　1938年10月8日、東京都生まれ。早稲田大学文学部卒。「心の花」編集・発行人。88年6月から朝日歌壇選者。歌集『金色の獅子』で90年詩歌文学館賞、『瀧の時間』で94年迢空賞、『アニマ』で2000年芸術選奨文部大臣賞、歌集『ムーンウォーク』で12年読売文学賞などを受賞。日本芸術院会員。

　最新歌集『春のテオドール』（ながらみ書房）。ほかに『万葉集の〈われ〉』（角川学芸出版）、『佐佐木幸綱の世界』全十六巻（河出書房新社）など。

**高野公彦**（たかの・きみひこ）

１９４１年12月10日、愛媛県生まれ。東京教育大学国文科卒。宮柊二に師事、「コスモス」編集人。２００４年10月から朝日歌壇選者。

歌集『水苑』（砂子屋書房）で01年詩歌文学館賞と迢空賞、歌集『河骨川』（同）で13年毎日芸術賞を受賞。歌集『流木』（角川学芸出版）で15年読売文学賞受賞。『明月記を読む』上・下巻（短歌研究社）などで19年現代短歌大賞受賞。

最新歌集『水の自画像』（短歌研究社）。ほかに『わが秀歌鑑賞』（角川学芸出版）、『短歌練習帳』（本阿弥書店）、『北原白秋の百首』（ふらんす堂）など。

**永田和宏**（ながた・かずひろ）

１９４７年5月12日、滋賀県生まれ。京都大学理学部卒。ＪＴ生命誌研究館館長。京都大学名誉教授、京都産業大学名誉教授。高安国世に師事。「塔」選者。２００５年3月から朝日歌壇選者。宮内庁御用掛、宮中歌会始詠進歌選者。

歌集『饗庭』（砂子屋書房）で99年読売文学賞、『風位』（短歌研究社）で04年迢空賞と芸術選奨文部科学大臣賞、17年現代短歌大賞、『置行堀』（現代短歌社）で23年毎日芸術賞を受賞。

ほかに歌集『永田和宏作品集Ｉ』（青磁社）、『近代秀歌』『現代秀歌』（岩波書店）、『あの胸が岬のように遠かった』（新潮社）など。

## あとがき

二〇二二年はロシアによるウクライナへの軍事侵攻が始まって以来、現地の人々に思いを寄せる歌が年間を通して掲載された。

地下壕にふるえ泣いてる栗色の髪の少女はあの日の私
（八王子市）守屋栄子

太平洋戦争のさなか、空襲警報が鳴るたびに庭の防空壕に駆け込み、震えていた自分の姿に少女を重ね合わせて詠んだ一首だ。

朝日歌壇では近年、イラク戦争が勃発した〇三年に加え、安全保障関連法が成立した一五年にも自分ごととして「戦争」が多く詠まれたが、昨年はそれらを上回るペースで投稿が届いた。

コロナ禍の影響は続いたが、初夏と秋に計七回、選歌会を開催できた。四人の選者が選歌する様子を動画「朝日歌壇の舞台裏」（https://youtu.be/GiHex-e8pIE）で初公開したほか、「朝日歌壇ライブラリ」の公開も始まった。一九九五年五月下旬〜二〇二二年六月の入選歌から五万首余を収めたデータベースで、「作者検索」「単語検索」などの検索方法で過去の掲載作品を呼び出せる。特徴的なのは、入力した言葉と完全に一致しなくても、類似した内容の短歌を探し出す「AI検索」だ。例えば「うれしい」と入力すると、次のような歌も出てくる。

発音でわかってほしいこの場合あほやなぁとは好きということ
山添聖子

はがきの向こうの選者を動画を通して身近に感じたり、ライブラリで思いがけない歌と出会ったり。今後もより多くの方に朝日歌壇を味わってもらえるよう、努めていきたい。

「朝日歌壇ライブラリ」は朝日新聞デジタル上のページ（https://www.asahi.com/special/asahikadan-library/）、またはQRコードから。

朝日新聞文化部「朝日歌壇」担当・佐々波幸子